突然の解散!?
男ふたり、女ひとりの
わずか三人ながら、
帝国最強と言われた俺のパーティー。
だが、俺以外のふたりが、
結婚して静かに暮らしたいと言い出した。
はは、めでたいじゃないか
想定外のパーティー解散
突然、ソロになった俺は、
身の回りの世話をしてもらうため、
二人の奴隷を迎え入れた。
ノエル
アーネラ
アハバイン

魔道列車にて——
魔道列車の屋根の上は、強い風が流れている。
マステマ

ノエルが後をついてくる。
列車の先頭付近では
マステマが赤いドレスを
なびかせている。
吸血鬼
そして……その先で
男がアーネラを抱えていた。
アーネラの首筋には血が流れていた。
青いドレスに血が垂れている。
乗務員の格好をした男。
こいつは……吸血鬼！

悪魔との邂逅――
「飛ばせるかよ！」
悪魔が宙を浮く前に天剣と雷剣でその両肩を突く。
音を超えた速さの突きが、悪魔の肉体を貫く。
悪魔はそのまま羽ばたいて空に浮く。
「奇麗な面《つら》してるよなお前。
名前はあるのか？」
「不思議な人間。
どうしてこれほど抗える？
いいよ。教えてあげる」
悪魔が初めて微笑んだ。
魅了の魔法に匹敵する美しさだ。
「私は魔王様に仕える将の一人。
敵意と憎悪を司る悪魔。マステマ」

帝国最強のパーティー、突然の解散

可愛い従者を手に入れて
人生を自由に旅することにした

著＝HATI
illust＝山椒魚

口絵・本文イラスト：山椒魚
装丁：アオキテツヤ（ムシカゴグラフィクス）

Contents

第一章　パーティー解散!?

七日間かけて、俺《おれ》たちは国境近くの山脈地帯を根城にした竜《りゅう》の群れを掃討《そうとう》した。今までの依頼《いらい》の中でもあらゆる意味で一番危険な依頼だったが、帝国《ていこく》最強と言われている俺たちは成し遂《と》げた。

火の支配者、パーティーリーダーのカスガル・ノアロード。

癒《い》やしの聖女、レナティシア・グレメンド。

天騎士《てんきし》の俺、アハバイン・オルブスト。

僅《わず》か三人ながら、帝国全土の冒険者《ぼうけんしゃ》の中で最も高い貢献度《こうけんど》を持つパーティーだ。

この三人で組んで四年。当時まだ若輩《じゃくはい》で伸《の》び悩《なや》んでいた俺たちは一気に飛躍《ひやく》し、このポジションに辿《たど》り着いた。

富、名声、地位。ここまで来ればなんでも手に入る。勝ち組だ。

ここまで来るのに決して順調だったわけじゃない。

しかし、やり遂げたのだ。

今回の依頼である竜の群れ退治だって、ギルドからの指名依頼だ。

依頼元は皇女殿下《でんか》の名前が記載《きさい》されていて、報奨金《ほうしょうきん》も並外れている。

帝都の一等地に立派な家が建つだろう。

ほぼ何もなかった時代から、よくやったと褒《ほ》めてやりたい。

俺たちは帝国軍に竜の群れ退治の確認《かくにん》をさせ、依頼を完了《かんりょう》させた。

恐《おそ》らく後日依頼人である皇女殿下から直々《じきじき》に招待されるはずだ。

俺は興味ないが、もし仕官する際にも箔《はく》がつくだろう。

そう考えていると、パーティーリーダーのカスガルの部屋に呼ばれた。早く休みたかったが、それは向こうも同じはず。

部屋にはレナティシアもいた。

一体何の話なのか。

分け前の相談ではない。このパーティーは基本的に頭割りだ。

三人＋消耗品《しょうもうひん》やパーティーとしての出費などで一人。計四等分。

今回はダンジョン捜索《そうさく》じゃないし、竜の巣には金銀財宝はあったが特別な装備はなかった（ちなみに金銀財宝は帝国が買い上げる形になった）。

気になっていると、カスガルが右手を額に当て、大きく息を吐《は》く。

彼《かれ》が疲《つか》れた時によくやる癖《くせ》だ。

「なぁ、アハバイン。俺たちは十分貢献したと思わないか、この帝国に。今回なんて国のため皇女の依頼で竜退治だ。一〇は超《こ》える群れのな」

「あぁ、あそこは軍だって長く手を出せなかった場所だ。パレードだって開かれてもおかしくないくらいだよ。新しく開発も始まるだろうし、道も整備されるだろう。皇女殿下の名も上がる」

「だろうな。……もう十分だとは思わないか？」

「何がだ？」

「冒険者が、だ。アハバイン。相談もなくいきなりで悪いが、俺たちは終わりだ」

本当にいきなりの言葉で俺は驚《おどろ》いた。危《あや》うく顔に出るところだった。

「俺たちは良いパーティーだと思ってたんだけどな」

「ああ、良いパーティーだったよ。良過ぎたんだ。あっという間にここまで来ちまった。天辺《てっぺん》の景色は良いもんだったが、これから先もこうやって進まなきゃいけないのか？　俺はそうじゃない事に気付いたんだ」

カスガルはレナティシアを抱《だ》き寄せる。

レナティシアはカスガルに身を任せた。

「俺とレナは結婚《けっこん》する事にした。冒険者も隠居《いんきょ》する。これはギルド長も了承《りょうしょう》した」

「知らなかったのは俺だけか。いやお前らが結婚するのはめでたいし、お似合いだと思う。祝福するよ」

このパーティーでそういう関係になるならこの二人しかないと思っていたし。レナティシアは美人だが、俺は髪《かみ》の長い女が好きだからな。

「ありがとう。アハバイン、お前は上昇《じょうしょう》志向が強い。俺たちは実力こそ並んでいるが、その部分だけは足並みが揃《そろ》わないと感じていたんだ。金は十分ある。市民権もある。後はもう俺はレナがいればいい」

今まで喋《しゃべ》らなかったレナティシアが姿勢を正す。

「アハバイン。あなたは誰《だれ》よりも頼《たよ》りになる前衛だったわ。天騎士の名にふさわしいほど。どんな時だって前に立ってくれた。でも、私はもう危険をおかしたくないの。この子のためにも」

レナティシアがお腹《なか》を撫《な》でる。

なんてこった！

「子供ができてたなら……今回の依頼だって断っても良かったんだぞ」

さすがに俺はこう言うしかなかった。

皇女殿下からの依頼だが……決して断れないわけでは。

「アハバイン、ありがとう。今回の依頼は色んな節目になると思ったの。何より、これからがずっと楽になるわ。アナタも、私たちも」

「それはそうだが……これからどうするんだ？」

「店を出そうと思う。目処《めど》もついてるんだ。商人の知り合いにも事欠かなかったからな」

「お前のメシはそりゃ野宿の度《たび》に美味《うま》いと思ったが」

「食いに来てくれよ。安くするから」

今まで疲れた顔だったが、店の話となると随分《ずいぶん》元気になった。

そうか。本気なんだな。

帝国最強のパーティー。あっさり俺の居場所はなくなってしまった。

話し合いはそこでとりあえず終わり、パーティーは解散することと相成った。

まぁ、俺としては勿体《もったい》ない思いもあるが十分に恩恵《おんけい》を受けていたわけだから文句はない。

正式に解散するのは明日ギルドに報告するときにということにし、俺は自分の部屋に戻《もど》った。

あ、この部屋も引き払《はら》わないといけないな。部屋はパーティーで借りたものだった。装備やら貴重なアイテムは自分で倉庫を借りてるから良いが、家具は良い物を買ってあるから次の部屋を見つけて移さないと。

あぁ、めんどくさい。

しかしカスガルとレナティシアが結婚か。全く気が付かなかったな……。

恋愛《れんあい》の機微《きび》とか分らんし。

娼館《しょうかん》で女を買うくらいはするが、冒険者でくそ忙《いそが》しいのもあってあんまり興味もなかったんだよな。

カスガルたちはそれがしんどくなったのかもしれない。

まぁいい。今日はもう寝《ね》てしまおう。

次の日、俺たちはギルドに集まり正式にパーティーを解散した。

帝国最強とまで言われたのに、呆気《あっけ》ないものだ。

ギルドを通さないと解散できないパーティーというだけでも大したものだった。

カスガルとレナティシアはほっとした様子で、これからの生活の準備が忙しいとさっさと帰ってしまった。

俺もそれに乗っかっていこうとしたらギルド長に止められてしまった。

俺も話したいことがあったし、留《とど》まることにした。

「悪いな」

「いいですよ、別に」

帝国のギルドのトップ。ギルド長マーフス。

長身の痩《や》せぎすの男。見た目の眼光には強い力がある。

このパーティーが伸び始めたあたりからの付き合いだ。

「……この仕事をしていると才能と向き不向きというものをまざまざと見ることになる」

「でしょうね。向いてるのに才能がなくて足踏《あしぶ》みする奴《やつ》はたくさんいる」

「そして今回のように比類なき才能が有りながら、長く続けることを望まない者もな」

「そう言うなら止めればよかったじゃないか」

「無理に止めて姿をくらまされても困る」

「それはそうだが……ああ、そう判断するぐらい本気だったから止めなかったか」

「そうだ。天騎士、お前はこの先どうする？」

「俺はまだ冒険者を上がるつもりはないよ。まだ金を稼《かせ》ぎたいし、冒険者をやめた後を考えればもっと名声があってもいい」

聞きたいのはそこだったようで、マーフスは少しだけ姿勢を崩《くず》す。

ギルド長なんてたいそうな立場でも、やる事はただの管理職だからな。

全く大変だ。苦労を掛《か》けたのはパーティーメンバーだからわざわざ言わないが。

「……ならいい。皇女殿下よりお褒めの言葉を授《さず》かるのにそのパーティーがもう冒険者じゃありませんでは困る」

「ま、最悪それは俺一人出れば十分だからな」

「お前は二人と違《ちが》って貴族の方々との交流も積極的にしていたんだったな」

「当たり前だろ。まぁ、あいつ等《ら》みたいなそれなりの店を出す程度なら商人と仲良くするくらいでいいけど、帝国の中心を見据《みす》えると、付き合う相手はそりゃ貴族になる」

話は終わりだ。俺も席を立つ。

「更《さら》なる活躍《かつやく》を期待している」

「ああ。ありがとよ」

ギルド長の部屋を出る。

ギルドの中はいつも通り騒《さわ》がしい。

今日はもう用事はない。仕事の後は必ず三日間の休みを取ると決めている。

ギルドから出ようとすると、より騒がしい声が聞こえた。

「天騎士！　天騎士様～～」

よく通る声が耳をつんざく。

こんな奇麗《きれい》だが、バカでかい声を出すのは一人しかいない。

駆《か》け寄ってきたのは軽装備をした女、というよりまだ少女だ。

露出《ろしゅつ》した太ももがまぶしい。そして頭には猫《ねこ》の耳が生えている。

「パーティー抜《ぬ》けたんですよね！　うちに入りましょう。歓迎《かんげい》しますよ？」

「うるせぇよニア」

獣人《じゅうじん》のニア・ノアだ。

うっとうしいのが来たな。なんせ勧誘《かんゆう》がしつこい。

こいつのパーティーは優秀《ゆうしゅう》だし、勧誘自体はよい条件だが……

「お前らのパーティー、前衛しかいないじゃないか」

そう、バランスもくそもないのだ。こいつらのパーティーは。

ニアのパーティーは獣人主体で、しかも前衛と斥候《せっこう》で固められている。

上手《うま》くハマれば凄《すさ》まじい爆発力《ばくはつりょく》のあるパーティーだが、逆に苦手なものはお手上げという極端《きょくたん》な構成だ。

とはいえ、上級冒険者、しかも獣人が集まっている以上大抵《たいてい》の事はどうにかしてしまうんだがな。

だからこそ俺を引き入れてより強化を！　といったところか。我が事ながらネームバリューがある。

「ね～、天騎士様。良いでしょ？」

「よかねーの。俺はバランスの取れた柔軟《じゅうなん》な構成が一番良いんだ。他を当たれ」

「そんな!?　ダメ？」

「ダメ」

近寄ってきて上目遣《うわめづか》いをしてくるニアの頭を掴《つか》むとワシワシ撫でてやる。

「そっかぁ。なら、一緒《いっしょ》に依頼受けよ！　これなら良いでしょ。ソロになったなら稼がないとだし」

「臨時ならいいけどよ。何やるのか決まってんのか？」

「護衛やるよ～、明後日《あさって》の朝から。場所は帝都南門ね。分配は頭割り！」

「分かったよ」

「やったね!?」

ニアは、仲間に言ってくるねと瞬《またた》く間にいなくなった。騒がしいヤツ。黙《だま》ってれば美少女なんだが、黙っていられないから「止まらぬ狩人《かりゅうど》」なんて二つ名になる。

それから俺は転居先の確保やら、寝具《しんぐ》や椅子《いす》などを手配する。それらが終われば酒場で肉を齧《かじ》り、エールを呷《あお》る。

どうせなら広い家、良い家具、良い雑貨と欲を出したせいで、やたらと豪華《ごうか》になってしまった。

普段《ふだん》から名声を稼いでいる分、こういった部分はある程度金を掛けないとな。

吝嗇家《りんしょくか》と思われては、あらゆるところでケチがつく。

金を稼ぐ人間はそれなりに金を使わないと信用されないんだ。

そういう意味ではニアが誘《さそ》ってきたのは助かると言えば助かるか。

金策自体は色々手広くやっているが、本業でしっかり稼がないとな。

俺はそのまま酒場の二階の安宿で寝る。

女を抱く気にはなれない。今はどうしてもレナティシアの姿がチラついてしまう。

恋愛感情があったわけじゃないが、一番近くにいた異性だ。それが結婚するとなると意識しないのは難しい。

必要な手続きは済んでいる。アイツらに会うのは暫《しばら》く間を空ければいいだろう。いきなり告げられた俺にはそのくらいの権利はある。

安いベッドの寝心地《ねごこち》はすこぶる悪かった。

ニアとの約束の日。

必要な準備をして帝都南門に到着《とうちゃく》した。

護衛の依頼だし、武装は普段より少なく、剣《けん》を二本という装備だ。

雷剣《らいけん》と天剣。この宝剣二本があればまあ、基本大丈夫《だいじょうぶ》。

雷剣は効かないヤツの方が珍《めずら》しい。

天剣は俺が「天騎士」なんて大層な二つ名で呼ばれるきっかけになった剣だ。もっともこの剣がなくても俺は強いけどな。色々と特殊《とくしゅ》な剣だが、頑丈《がんじょう》だし普段からよく使う。

門を抜け、門前の広場を見渡《みわた》す。

獣人たちが集まっているのですぐ分かる。

隣《となり》には立派な馬車が二台。

そして少し離《はな》れたところに旅装束《しょうぞく》の集団がいる。

彼等《ら》は別に護衛対象でもなんでもない。

要は、護衛する俺たちが通い、安全が確保された道を通りたいのだ。

たとえ何人か集まっても、市民が護衛を依頼するのは金銭的にキツイし、下手に安く雇《やと》えばそのままゴロツキになって襲《おそ》われる。

これは暗黙《あんもく》の了解という事で黙認されている。余裕《よゆう》があれば何かあれば手助けもする。

こういうのは助け合いだ。

だが、馬車に乗るような金のある人間がやると大顰蹙《ひんしゅく》だ。場合によっては貴族の耳にまでいく。

そうなったらまあ、終わりだな。

ニアたちと合流するために馬車へ近づくと、獣人たちがこっちを見た。

「来たか。天騎士」

ニアは見当たらないが、大柄《おおがら》の男が俺に声をかけてきた。彼等のサブリーダーでマーグという獣人だ。

犬の系統らしく、犬耳が生えている。

「よう。ちょうどいい時間だったみたいだな。ニアは？」

「護衛する商人と話している。もうじき来るだろう。それから出発だ……お前には一番前を歩いてもらう。せっかくの天騎士参加だ。いい威嚇《いかく》になる」

「人をなんだと思ってるんだ。まあ構わんが、斥候は任せたぞ」

適当な岩に腰《こし》を下ろして待っていると、ニアが大きく手を振《ふ》ってこっちにやって来た。身なりのいい男二人を連れて。

「天騎士様!?　こちら今回護衛依頼をしてくれた、キャベリック商会の会長さんと番頭の人だよ」

ざっくりとした紹介《しょうかい》だった。

紹介された二人のうち、年配の男が喋る。

「キャベリック商会の会長、マクソン・キャベリックです。今回ニアさんのパーティーに依頼をしたのですが、名高い天騎士のオルブスト殿《どの》も参加して頂けると聞いて挨拶《あいさつ》をと思いましてな」

「何、暇《ひま》を持て余しておりましたので。天騎士の名にかけて安全な旅を保障しますよ」

「ははは、それは何より心強い。安心してお任せできます。道中何かありましたら、この番頭にお知らせください」

「番頭のリノ・バンです。天騎士殿の噂《うわさ》はかねがね聞いておりますが、実際に初めて見ますと噂以上の迫力《はくりょく》がありますね。宜《よろ》しく頼《たの》みます」

番頭と握手《あくしゅ》すると、商人たちは馬車へ戻っていった。

そろそろ出発だろう。

「いいよね？　天騎士様。名前が通ってて。私たちも最近ようやく有名になってきたけど、まだ舐《な》められたりするし」

「正直言って二つ名が一人歩きしてるけどな。まぁ便利ではあるか。そら、いくぞ」

「は～い」

出発の準備は万端《ばんたん》のようだ。

斥候が道を先導し、俺は馬車の前に出て歩き始める。

馬車は人間が歩くより早いので、早歩き気味でずっとついていくことになる。冒険者は歩くのが仕事なので、これで音を上げる奴は冒険者で生きていけない。

装備を着込《きこ》みすぎると大変なので、俺は頑丈な軽装備くらいにしてある。

獣人たちは元々軽装だし肉体の土台がそもそも違うからな。

後ろの集団も慌《あわ》てて付いてくる。そのうち離れたとしても、何かあれば狼煙《のろし》を上げるだろう。

馬車の護衛はひたすら警戒《けいかい》して歩く。とはいえ、この面子《めんつ》なら商人を狙《ねら》った盗賊《とうぞく》は襲ってこない。

自分で言うのもなんだが、災害扱《あつか》いの竜を狩《か》るような人間離《ばな》れした最強格の冒険者を襲う盗賊がいたら、ただの自殺だ。

ニアたちだって、竜はともかく大型の魔物《まもの》を何度も定期的に狩っている。

雑魚《ざこ》の魔物も、俺たちの気配にビビって遠くに行ってしまう。皮肉にも誰でもなれる冒険者という商売は強くなればなるほど、名前が売れれば売れるほど楽な商売なのだ。

着いたら何を食べようか。周りを警戒しながらも暇で仕方ない俺はそんな事を考えながら先頭を歩いていた。暫くはそんな感じで進む。

すると斥候の一人が戻ってきてニアに耳打ちしたかと思うと、またすぐにいなくなった。ニアが悪い事を企《たくら》む顔になる。

持ち場を離れてやってきたニアが小声で囁《ささや》く。

「盗賊の根城見つけたって。護衛終わったら盗賊狩りしてもう一儲《ひともう》けしちゃお。天騎士様？」

「勿論《もちろん》だ。楽しくなってきたな」

帝国では盗賊に人権は認められていない。

つまり、盗賊の溜《た》め込んだお宝は、討伐者《とうばつしゃ》の自由だ。まぁ盗賊側もそれは分かっているから、根城はなるべく隠《かく》すし、戦力も蓄《たくわ》えているのが常だが……

俺やニアたちにとってはついでに一稼ぎできるボーナスでしかない。憐《あわ》れだ。何があったとしても盗賊を選んだ事を後悔《こうかい》しろ。

斥候が一人、盗賊に張り付いて見張るらしい。

依頼先には明日の昼には到着するからそれから急げば明日の夜には強襲《きょうしゅう》できるな。何か珍しいものでもあればいいが。

本命のキャベリック商会の護衛はつつがなく終わった。

帝都の衛星都市であるここ、バーズンの街に無事到着する。

素人目《しろうとめ》には強いのか弱いのかよく分からない雑魚の魔物を処理しただけで終わりだ。

勘違《かんちが》いしてほしくないのは、これで楽な仕事だと思わないでくれ、ということだ。

キャベリック商会の商人の目は節穴ではなさそうだったが、中にはこれなら安く上げようとか考える人間もいる。

違うんだな、これが。

俺やニアたちだからこんなぬるい依頼になっただけで、威圧《いあつ》だけで魔物を遠ざけられない連中なら道中に一〇回は襲われている。盗賊もセットだろう。

そしてそんな連中はそれだけの襲撃《しゅうげき》を無事切り抜けられることはない。

安全には金を払え。鉄則だな。

さすがに一般《いっぱん》市民にまでこれをやれとは言えないが。彼らの懐《ふところ》事情《じじょう》は知っている。

後から町に入ってきた市民の集団を見るに、無事に来れたようだ。

良かったな。

さて、今回はオマケが本命だ。

俺は早々に都市を出てニアたちを待つ。

キャベリック商会への挨拶も終え、依頼の完了報告を済ませたニアたちが都市から出てくる。

普通《ふつう》はこのくらいの依頼でもその日は解散し、一日は休むが全員元気はつらつだ。

獣人は狩りが大好きだからな。仕方ない。

俺は名声もお金も大好きだからもちろん付き合う。

ニアは目的地へ指をさす。

「よーし天騎士様。行くよ。盗賊狩りのお時間！　私たちが先導するけど本気で走っていいよね」

「ああ、付いていくから行け」

「はーい。皆《みな》ついてこーい」

そう言うや否《いな》や、音もなくニアたちが駆け出す。

振り向いた時にはもう随分と離れ、見えなくなりそうだった。

やれやれ。

いくら俺でも普通には付いていけない。どれだけ強くても獣人より早くは動けない。

だから雷剣に魔力を通して雷《かみなり》の魔力を引き出す。魔法は苦手だが魔力はあるし、こういうのはむしろ得意だ。

雷を足に纏《まと》わせ、特定の操作で動かすと、走る際に超《ちょう》加速が得られる。

雷の属性は攻撃《こうげき》に使っても便利だが、こういう使い方もできる。

原理は分からないが、よく知られている使い方だ。

ニアたちに追いつき、横に並ぶ。

ニアは俺の足に纏う雷を見て、両手で自分の肩《かた》を抱きすくめる。

「うひ～、それ近くにいると毛が逆立っちゃうよ」

「獣人は苦手だよな、これ」

雷の近くにいると、体中の毛という毛がゾワッとするらしい。

人間より雷には強いのだが、この感覚が嫌《きら》いらしく獣人は大体こういう反応をする。

まあ、こういう時は我慢《がまん》してもらうしかない。

行きにかかった時間の四分の一もかからず目的地手前に到着した。

ここからは不意を打つために隠見《いんけん》を行いながら盗賊たちの根城に近づく。

獣人たちの斥候が再び活躍する時だ。

俺もパーティーで前衛を一人でやっていたから一通りはできるが。本職ほど上手くはない。

幾《いく》つかの仕掛けがあるだけで途中《とちゅう》に見張りはいない。

相手に勘《かん》づかれないように仕掛けを無効化しながら手早く進むと、洞窟《どうくつ》が見えてくる。

入り口は遠くからは見えないように工作されていたが、相手が悪かったな、おい。

見張りが二人岩に腰かけてカードに興じている。

昼間にこんな場所で見張りなんて貧乏《びんぼう》くじを引いた、と思ってるんだろう。

その通りだ。

音もなく二本の矢が放たれ、同時に見張りの頭を射貫《いぬ》いた。

お見事。大した腕《うで》だ。

斥候が入り口に近づき、手招きで俺たちを呼ぶ。

ここからは喋れないからな。経験と勘と予想で対処する。

足音を消して、部屋を一つずつ開けて中の盗賊を潰《つぶ》していく。

どいつもこいつも奇襲《きしゅう》なんて考えてませんって面《つら》で、声を上げることなく死んでいった。

すると近くにあった大部屋の中から異臭《いしゅう》が漂《ただよ》ってきた。

ニアたちは声こそ出さないが顔をしかめる。俺でも臭《くさ》いんだ。あいつ等には利《き》くだろうな。

これは……ヤリ部屋か。

鎖《くさり》につるされた女たちを相手に盗賊が夢中で腰を振っている。

女たちは悲鳴を上げる元気もないのか、虚《うつ》ろな様子で盗賊からの辱《はずかし》めを受け止めていた。

「はぁっはぁっ、たく、せっかくの馬車が通ったのに見過ごせなんてクソ！」

苛立《いらだ》った盗賊は、女からの反応がない事にさらにイラついたのか顔を殴《なぐ》る。

無抵抗《むていこう》の人間を殴るのは楽しいか？

「こいつも飽《あ》きたな……、そうだ、最近捕《つか》まえたあの――」

俺は盗賊がしゃべり終わるのを待つことなく後ろからそっと近づいて首をへし折った。

そのまま横に投げ捨てる。

女は反応しない。だが生きてはいるようだ。幸い足や手の腱《けん》は切られてはいない。

場合によってはここで楽にしてやった方がいい事もあるからな……これなら救助できる。

ヤリ部屋の盗賊たちは無言のまま死んでもらった。

非道の割に楽に死ねてよかったな。

ニアが俺の耳に口を寄せ、小声を出す。

「後は奥《おく》の部屋だけだね。……怖《こわ》い顔してるから任せるね」

どうやら、殺意が漏《も》れているらしい。

なら承《うけたまわ》ろうじゃないか。鏖殺《おうさつ》だ。

力で我儘《わがまま》を通すなら、力で潰されると知れよ。

俺は奥の部屋への扉《とびら》を開ける。

開けた瞬間《しゅんかん》に音が鳴る仕組みのようで、盗賊たちはようやく襲撃されていることを知ったらしい。

中には四、五人の盗賊と一人毛色の違うやつがいる。

どうやら傭兵《ようへい》崩れの武芸者のようだ。そいつだけが警戒し、即座《そくざ》に剣を構えてくる。

俺は雷剣を右手に構えた。強靭《きょうじん》に握《にぎ》ると雷が剣から溢《あふ》れる。

その命、神に返すがいい。

俺が構えると、ようやく盗賊たちは武器をこっちに向けた。遅《おそ》い。構える前に斬《き》ってやっても良かったな。

短剣に曲刀に……あれはジャマダハルか？　珍しい武器だ。

「表の連中は何をしていた。こんなとこまで踏《ふ》み込まれるなんてよ」

ジャマダハルを構えた盗賊が言う。

おめでたい頭だ。表の連中が何もできずに死んだからこうなっているんだよ。

俺は言葉の代わりに雷剣による突《つ》きをくれてやった。

一足で距離《きょり》を詰《つ》め、電光の如《ごと》く雷剣はその盗賊の胸を貫《つらぬ》く。

悲鳴が上がる前に雷で焼いた。

俺は雷剣を引き抜くと、歩いて曲刀の盗賊に近づいた。

「く、来るな！」

苦し紛《まぎ》れに曲刀を振り回してきたので左手で刃《は》をつかむ。

「あっ」

左手で曲刀を引っ張ると、盗賊は呆気なく姿勢を崩したので袈裟《けさ》斬《ぎ》りにした。

そのまま曲刀を、短剣を持つ盗賊に投げつけると勢い余って体を突き抜け壁《かべ》に磔《はりつけ》になった。痙攣《けいれん》しているから死んではいないようだ。そのまま放置していれば勝手に死ぬ。

傭兵崩れっぽい奴とあと一人。もう一人の方の盗賊が奥へ行こうとしたので、手頃《てごろ》な石をそいつに向かって蹴《け》りつける。

悲鳴を上げて倒《たお》れた。肩に当たる程度で済んだようだ。コントロールが甘《あま》かったか。

「ぬうぅ……」

後はこいつだけ。

多少はできるようだが、その分俺との絶望的な力量差が分かるらしい。

男は俺との間合いを計りながらもう一本の剣を抜き、双剣《そうけん》を構えた。

「俺は元王国軍、第一軍副将二振りのアペイロン。貴様の名は」

「冒険者、天騎士アハバイン」

「貴様が……かの有名な天使殺し、どおりでこの強さか。盗賊なんぞに身を落とすものではなかったか」

その通りだな。ちなみに天使は殺したわけじゃない。

天剣をそっと撫でる。

「懺悔《ざんげ》はあの世でやれ。教会曰《いわ》く神は全《すべ》ての死者に平等だとよ」

「断る」

アペイロンとやらが素早《すばや》い身のこなしで双剣で斬りつけてきた。

こいつは弱くはない。冒険者ならベテランくらいの強さはあるかな。

「アペイロン。死ぬ前に教えてやろう。双剣は次はやめておけ」

俺は後ろに下りアペイロンの双剣を躱《かわ》すと、雷剣を大上段に構えて雑に、しかし力を込めて振り下ろした。

「ぬっっ！」

アペイロンは下がる余地がないと判断し双剣で俺の雷剣を受け止める。

金属同士がぶつかる音が鳴り響《ひび》いた。

ふん。これで勝負ありだ。あっけないな。

力を込めて振り下ろした俺の剣を、力が分散する双剣で受け止められるはずがない。

俺の雷剣は一瞬止まっただけで、そのまま振り下ろされる。

断末魔《だんまつま》さえなく、元王国軍の副将とやらは盗賊として死んだ。

「こんな風になる。勉強になったな」

根城にいた盗賊は、足を砕《くだ》かれて転がっているやつ以外は全滅《ぜんめつ》した。

「誰かそいつを縛《しば》っといてくれ。それじゃあ検分するぞ」

「天騎士様、相変わらずえっぐいねぇ……」

ニアは苦笑いしながらパーティーメンバーたちに指示を出す。

助けた女たちも運び出されている。この根城から得た金の一部で彼女《かのじょ》たちを支援《しえん》してやらねばならないだろう。イメージアップだ。

ちなみにニアが相手なら、俺でも倒すのに一〇分くらいはかかるだろう。

生き残ってる上位の冒険者はどいつもこいつも人間を超えてる。

「今何か嫌《いや》なこと考えた？　考えたよね。やめてよね」

ニアを適当にあしらいながら辺りを物色する。

奥に通じる通路を見つけニアと共に進んでみると、椅子に縛り付けられた女がいた。

目隠しされ、猿轡《さるぐつわ》をかまされている。

だが、他の女たちのように乱暴はされていないようだ。

着ている服も上品な紫《むらさき》のドレスで上等な絹でできているようだ、それなりの立場のある人物だろう。

猿轡を外してやると、よほど息苦しかったのだろう。慌てて息を吸う。

「あ、あの。あなた方はどなたですの?」

「冒険者のパーティーです。あなたを救出しに来ました」

隣にいたニアがこいつマジか、という目をしている。

物は言いようだぞ。勉強しろ。

「そうですの? 目隠しも外してくださらないかしら」

「もちろん」

目隠しを外すと、端整《たんせい》な顔立ちがあらわになった。

「ああ、楽になったわ。ありがとうございますわ。私サテラ。サテラ・ラナケルドと申します」

俺はこのお嬢《じよう》さんを知っている。

ラナケルド侯爵家《こうしやくけ》の御令嬢《ごれいじよう》で、皇女様のいわゆるお茶のみ友達《ともだち》だ。

ラナケルド家は帝国の譜代《ふだい》、その筆頭である。

その令嬢が攫《さら》われたとなれば、これは穏《おだ》やかではあるまい。

醜聞《しゆうぶん》を恐れて今も極秘《ごくひ》に捜《さが》しているはずだ。

もしかしたら何もなく帝都に戻れば依頼が来たかもな。

「サテラ様。御無事で何よりです。早くここから脱出《だつしゆつ》し、ラナケルド家に送り届けますので」

「はぁ……助かりましたわ。身代金《みのしろきん》目的なら私は無事で済むのですが、何やら生贄《いけにえ》に捧《ささ》げるだの言われて、生きた心地がしませんでしたの」

「悪の栄《さか》えた例《ためし》はありません」

「ふふ、そうですわね。お名前を聞かせてくださる？　家に戻ったら是非《ぜひ》礼を」

「私の名前はアハバインと申します。隣の者はニア・ノアで彼女のパーティーがサテラ様の救出に大きく貢献しました。覚えて頂けると光栄です」

讃《たた》えられるべきは俺ではなくニアたちだ。その辺はちゃんとしておかないと恨《うら》みを買うからな。

獣人と貴族は基本あんまり仲が良くないからな。このお嬢様は大丈夫だが。

引っ込んでいたニアはいきなり名前を出されておずおずと侯爵令嬢に挨拶した。

皇女様の周りについての情報はある程度押《お》さえてある。

「えっと、どうも。ニア・ノアです。ラナケルド様」

「サテラでいいわ。獣人なのね。私は偏見《へんけん》を持ってないから安心して。従者にも何人か雇ってるの」

サテラはニアの手を握り、感謝を伝える。

冒険者として活躍する限り貴族との縁《えん》は切れない。いい切っ掛けとなるだろう。

財宝の類は後日にし、この侯爵令嬢を帝都のラナケルドの屋敷《やしき》に送り届けなければ。

ニアたちに後片付けをすべて任せ、俺は出発前の最後の仕事に取り掛かる。

一人生き延びている盗賊の元に座り込んだ。

盗賊は痛みに耐《た》えるように荒《あら》く息をし、蹲《うずくま》っている。

「おい。助けてやるから吐け。生贄とはなんだ」

間違いなく厄介《やっかい》事に違いなかった。

「ヒッ」

痛みでうずくまった盗賊が、ビクついた。

そういうの、今はいらないんだよな。

「聞こえただろう？　生贄とはどういう事だ。詳《くわ》しく吐けよ」

「うぅ……、言えば助けてくれるのか？」

「ああ、約束は守る。盗賊なんてクソだが、取引できる余地があるなら取引してやる」

「あ、後からやっぱり殺すなんて事は」

「やらない。心配するな。俺は約束を破られるのが堪《たま》らなく嫌いなんだ。だから俺は約束を守る。簡単だろ？」

盗賊は暫く考えていたが、俺が剣に手をやると観念した。元々黙っていても死ぬしかない。こいつに選択肢《せんたくし》はない。

「く、詳しい事はボスしか知らない……。俺が知ってるのはあのお嬢様を暫くここに監禁《かんきん》して、引き取りの人間が来たら渡《わた》す事だ」

「その引き取り先は誰だ？」

「知らない。ほ、本当だ！」

使えねぇ。

「じゃあ、あのお嬢様はどうやって攫った？　ラナケルド家の御令嬢様だ。何をするにしても警備は厳重のはずだ。お前らじゃ無理だろ」

「赤いフードを被《かぶ》った連中だ。寝込みを攫ったらしい。顔は見てないんだが……そうだ。ボスは相手を知ってるみたいだった」

あの双剣野郎《やろう》、生かしておけばよかったか。

しかし、元王国軍の幹部と知り合いの赤いフードの連中ねぇ。

貴族の家に侵入《しんにゅう》して攫うなんて真似《まね》ができる程度には手練《てだ》れで手段を選ばない、か。

生贄……邪教《じゃきょう》の類か？

「他に知っている事は？」

「な、ない。俺は殺しもした事ないんだ。許してくれよ……」

盗賊が足の痛みにまた呻《うめ》き始める。

「良いだろう。命は助けてやる」

俺は低級ポーションを使い、足を治療《ちりょう》してやる。歩けるぐらいにはなるだろう。

「ありがてぇ……」

「さて、このままお前を見逃《みのが》すってわけじゃない。見逃してまた盗賊をやられちゃ、俺のせいになるからなぁ」

「わ、分かった、もうしない」

「口だけならなんとでも言える。だからこうする」

俺は盗賊の左手の爪《つめ》にある魔法を掛けた。

「この魔法はな。お前が俺との約束を破った時に発動する。どうなるか……気になるなら試してみるがいい。ちなみに、俺は言ったよな。約束が破られるのが堪らなく嫌いなんだって」

盗賊は左手の爪を見て冷や汗《あせ》をかきながら、何度も頷《うなず》いた。

俺が逃《に》がしたところでこいつの命運は決まっている。名門貴族の娘《むすめ》を攫ったのだから。

俺は盗賊の事は忘れて、生贄の事に考えを巡《めぐ》らせた。経験上、邪教が絡《から》むとろくな事がない。この天剣を手に入れた経緯《けいい》も邪教が絡んでいた。壊滅《かいめつ》させたから別の組織だろうが。

入り口を出るとニアたちが乱暴された女たちに毛布を掛け、介抱《かいほう》していた。ラナケルドのお嬢様も岩に腰掛けて休んでいる。

ニアが白湯《さゆ》をくれた。

「天騎士様、こっちは馬車を手配しに行ったからそれ待ちだよ。なんか分かった？」

白湯を飲みながらニアに分かったことを伝える。

「赤いフードの集団かぁ。ま、怪《あや》しすぎるね」

「とりあえずラナケルド家が対処するだろう」

なんせ、娘が寝込みをさらわれたのだ。

公《おおやけ》にはなっていないとはいえ、名前に泥《どろ》を塗《ぬ》られたんだ。

しかも現ラナケルド家当主のラナケルド侯爵は子煩悩《こぼんのう》で知られている。怒《いか》り心頭だろう。

娘の安全にかかわれば容赦《ようしゃ》すまい。

話しながら待っていると馬車が到着した。サテラ嬢とニアの他、グッタリしている女性たちを乗せてさっそく出発する。

サテラ嬢をラナケルド家に送るのが最優先だ。

最後まで残る監督役《かんとくやく》は俺が引き受けた。

財宝やらの取り分はもう決まっているし、サテラ嬢を助けたのはニアのパーティーだからラナケルド家にはニアを行かせるのがベストだ。サテラ嬢が隣にいるならトラブルにもならないだろう。

ニアなら襲われてもサテラ嬢を完璧《かんぺき》に守って返り討《う》ちにできる。

対して俺には時間に余裕がある。不本意ながら。

次々と到着する馬車に人と物を詰め込み、最後に銀貨の詰まった箱を馬車に載《の》せてニアの腹心のマーグと一緒に送り出した。

残念ながら積荷が多すぎて俺は乗れない。

まあ構わないけどな。

徒歩で帝都に帰るくらい、わけない事だ。

十分儲かったしな。オケラなら足しにするために帰り道に魔獣でも狩らねばならないところだった。

根城を後にし、俺は街道《かいどう》を歩く。まったくのどかなものだ。

久しぶりに牧歌的な雰囲気《ふんいき》に浸《ひた》る。

暫く時間をかけ、ようやく帝都に到着した。

ニアたちの拠点《きよてん》に行くと炊《た》き出しをしていた。

囚《とら》われていた女たちは満足に食事もできていなかったようだが、だいぶ血色が良くなっていた。

数日休めば心はともかく、身体《からだ》はだいぶ良くなるはずだ。

ニアたちの拠点で女たちを泊《と》めるのは手狭《てぜま》という事で、俺は安宿を数日貸し切り、そこに泊めることにした。

女たちの中で比較的《ひかくてき》元気がある髪の長い女性が頭を下げてきた。

「助けていただいたばかりか、世話までして頂いてありがとうございます。この恩は忘れません」

「気にするな。当然の事だ。元いた所に全員送り届けてやる」

儲かった分の一部を還元《かんげん》しているだけだしな。

盗賊の被害者《ひがいしゃ》なのだから帝国に任せてもいいが、不憫《ふびん》な思いをするだろう。

それに冒険者のイメージを上げる美談にもなる。

送り届けるのは他の冒険者に依頼するか。俺やニアたちがそこまではやる時間はない。

そうする内にニアがラナケルド家から戻ってきた。

疲れたのか珍しくげっそりとしている。

「天騎士様が行ってくれたら良かったのに。慣れてるんだし」

「お前が慣れろ。いつまでも避《さ》けては通れないぞ」

「言っておくけど、侯爵様めちゃくちゃ怖かったんだからね。両手を握られて感謝されたけど、攫った奴は必ずこの手でくびり殺すって言ってた。怖すぎる」

帝国の中でも武闘《ぶとう》派だからなぁ、あそこ。

「侯爵令嬢が無傷で良かったな。ほんと。キズものにされてたらどうなっていた事やら」

「そうだねー。いやぁすぐ潰しに行って良かった良かった」

俺ができる事はもうない。今回はギルドへの手続きも俺がやる必要もないし、報酬《ほうしゅう》やら分け前やらは清算が終わってからだ。

あ、そういやそろそろ竜討伐の報酬を受け取らないとな。

ニアたちの拠点を後にし、新しく構えた自宅に帰る。

家具だのなんだのはまだ届いてないからひたすら広い。
張り切って広い家を借りてしまったな。
ソファーに腰掛け休む。寝るのもソファーだ。
あ、そういえば俺がいない間どうしよう。
前のパーティーで借りていた家は管理人付きだったからな……。
せっかく家に帰っても換気《かんき》も掃除《そうじ》もしていないのは嫌だし。
家の管理用に奴隷《どれい》を買うのもいいかもしれないな。
帝国では奴隷制度は違法《いほう》ではない。
奴隷になるのは口減らしの子供や、借金が返せなくなった人間やら、様々だ。
奴隷を買うという事は人を助けることでもある。
社会貢献とまではいかないがな。
家の設備は魔法も導入してかなり便利にしてあるから奴隷は二人いればいいかな。
一人暮らしも寂《さび》しい。冒険者に恋人《こいびと》は難しいのだ。
ああくそ、あの二人が頭に浮《う》かんでくる。
なんだかんだで楽しかったからな……。
よし、明日奴隷を見繕《みつくろ》うか。どうせなら目の保養になるやつがいい。
善は急げと、次の日に俺は早速《さっそく》奴隷商人の元を訪《おとず》れた。
俺が訪れたのは奴隷を扱う商会の中でもかなり大きいところだった。
事前に連絡《れんらく》はしてあるので、商会の会長が応対してくれる。

まぁ上級冒険者は金持ってるからな。向こうもいい奴隷を高く売りたいはずだ。

「カーガン商会の会長、カーガンでございます。名高い天騎士様にご利用いただければ、我々としても名誉《めいよ》でございます」

「そうか。俺が欲《ほ》しいのは留守中に家を維持《いじ》管理してくれる奴隷だ」

「もちろんそのような役割ができる奴隷はご用意しております。此方《こちら》へお越《こ》しください」

カーガンのおっさんに連れられて建物内を歩く。

奴隷商会なんてパーティーを組んでたら来れない。

しかし初めて来たのだが、随分と奇麗なものだ。

さすがに見世物小屋のようにはしないか。そんなので買う気は起こらんからな。

「こちらに候補の奴隷を用意しております。お入りください」

カーガンが奥の部屋のドアを開けると、八人ほどの少女が座《すわ》っていた。

俺が室内に入ると同時に全員が立ち上がる。一糸乱れぬ様子に少しばかり驚いた。

そして少女たちの正面に椅子が用意され、俺はそこに座る。

カーガンは横に控《ひか》えた。

ああ、これは面接だな。

少女たちの服装は色こそバラバラだったが、みんなワンピースで統一されており、髪にワンポイントのアクセサリも着けている。

どの少女も奴隷にはとても見えない。

些《いささ》か想像とは違うが、俺の求める人材には間違いなく沿うだろう。

貴族とは言わないが良い所のお嬢さんが並んでいると言われても疑わないぞ。

広場でダンスでも踊《おど》らせればお捻《ひね》りが沢山《たくさん》貰《もら》えるだろうな。とどうでもいい事を思った。

カーガンの指示で少女はそれぞれ自己紹介と得意なことをアピールし、最後にスカートの両端《りょうたん》を掴みお辞儀《じぎ》をして座る。

どの少女たちもよく教育されているようだった。俺の質問にもハキハキと答えるし、返答も分かりやすい。

甲乙《こうおつ》つけがたい。人間、それも少女を評価するなんてとかつてのパーティーメンバーのレナティシアが知ったら怒《おこ》りそうだ。

全員買って連れ帰ってもいい。俺にはそれだけの金があるし。

いやいや、接待のような場だから浮かれた考えになってしまった。

俺が欲しいのはあくまで家の管理や家事、雑用をする奴隷だ。

二人いれば十分だ。

俺は少女たちの顔を眺《なが》めながら、好みで決める。

元々この場に集められた時点で基準は超えているんだ。

一番左の亜麻色《あまいろ》の髪と、右から二番目の銀色の髪の少女を選ぶ。

この二人で俺が買った家の半分ほどの値段がする。俺は即金《そっきん》で支払《しはら》い、一〇日後に引き取りに来ると伝える。それまでは家事でもさせて更に鍛《きた》えておいてくれ。

他の少女たちは俺に頭を下げて退席し、カーガンと買った二人が残る。

「改めまして、私はノエルと申します。姓《せい》はございません。精一杯《せいいっぱい》尽くします」

「私はアーネラと申します。買って頂きありがとうございます。私もご満足いただけるように努力します」

「期待している」

若い少女二人にこう言われると、悦《えつ》に入る人間の気持ちも分かる。

なかには奴隷でハーレムを作る奴もいるくらいだ。

この少女二人はさすがに女として抱くには幼い。

十分育ったら相手をさせてもいいな。

奴隷に関する契約書《けいやくしょ》や帝国の現法、諸注意などをカーガンからレクチャーされる。

こういった契約だのは面倒《めんどう》なんだが、疎《おろそ》かにすると余計大変な目に遭《あ》うのが常だ。

「それじゃあ、迎《むか》えに来た時はよろしくな」

少女二人がそろって返事をする。双子《ふたご》でもないのによく揃うな。

差し出した俺の手を二人とも両手で包むように握った。

演技なのは分かっているが、実際のところ気持ちよくなれるように演技してくれるならその方がいい。素《す》の自分などというものは己《おのれ》で理解していればいい。

第二章　新生活を始めるか

新しい家に、その維持《いじ》やら家事やらの雑用で新しい奴隷《どれい》を二人。上級奴隷はいい値段がしたな。それに見合うといいのだが。

依頼《いらい》をこなすたびに装備の点検にも金がかかる。

困窮《こんきゅう》には程遠《ほどとお》いが、いい感じに現金の残高が減っていた。

当然また依頼をこなす日々に戻《もど》るのだが……。

俺《おれ》は久しぶりにカスガルと会っていた。

正式に解散するパーティーの清算だ。

竜《りゅう》の群れを討伐《とうばつ》した時の分も含《ふく》めてになる。

本来は竜の群れの依頼は報酬《ほうしゅう》が出るまでもっと時間がかかるのだが、依頼人である皇女様が確認《かくにん》すると、皇女様直々《じきじき》に支払《しはら》い処理をしてくれた。

ありがたいぜ。皇女様に感謝する。

俺は皇女様派だからな。いざ国が割れたら加勢するのもいいだろう。

手柄《てがら》を立てれば貴族にだってなれる。なりたいわけではないが……めんどくさそうだし。

「どうだカスガル。冒険者《ぼうけんしゃ》じゃない生活は」

俺がそう聞くとカスガルは両手を頭の後ろにやり、パーティーを解散した後を振《ふ》り返っているようだった。

「いやぁ、時間が経《た》つのが遅《おそ》いと最初は思っていたけどね。いざ店が始まると、充実《じゅうじつ》しているのか、あの頃《ころ》と同じくらい直《す》ぐに日が過ぎるよ」

そう笑顔《えがお》で言う。楽しくて仕方ないようだ。

カスガルは冒険者の時はムスっとしていることが多かった。パーティーリーダーだった事もあり常に強いストレスがあったのだろう。

それがこんなニコニコと笑うようになってしまった。

つくづく才能と向き不向きが合わないやつだ。

俺が最強の前衛ならこいつは間違《まちが》いなく俺と肩《かた》を並べるほどの後衛である。火の支配者の二つ名。火の魔人《まじん》ですら焼き尽《つ》くした男。

「パーティーの財産なんだけど、俺たちはアイテムより現金が欲《ほ》しい。なるべく売り払って分けたいんだ。君の意見はどうだ、アハバイン」

「同感だな。必要なものはいつも清算で買い取ってきたし、今パーティーの倉庫にあるのはすぐ必要になるものじゃない。消耗品《しょうもうひん》を多少欲しいぐらいだが、金で買える」

「そうか。良かったよ揉《も》めなくて。割と揉めるって聞いていたからさ」

「弱小と俺らを一緒《いっしょ》にするなっての。稼《かせ》いでる額が違うんだ、小さなことで揉めるかよ」

「そうだね……組めてよかったよ。君と組めていなければ多分こうはならなかった」

「それは俺もだよ。最強の後衛とヒーラーと組めたんだからな」

帝国《ていこく》最強のパーティーが生まれてもう五年になるか。

色々あった。本当に。死ぬと思ったことは何度もある。

特にあの蒼《あお》き日。あれは俺の一生の中でも最悪最大にやばかった日だ。

国が一つ消えかけたんだからな……。

そして皇女様と知り合うきっかけになった日でもある。

俺は買ってきた最高級の葡萄酒《ぶどうしゅ》を開けると、お互《たが》いのグラスに注いだ。

「帝国最強のパーティーに乾杯《かんぱい》」

グラスを掲《かか》げ、飲み干す。甘《あま》い口当たりが通り抜《ぬ》ける。

かつての青春の日々に、そしてこれからの新たな日々に、乾杯。

俺はカスガルから小切手を受け取る。事前に話した通り三等分だ。

小切手に描《えが》かれた額は……まぁ、一等地に店を構えられるぐらいはある。

帝国最強だったパーティーはこれでお仕舞《しま》い。呆気《あっけ》なかったな。

さすがにいくら俺が帝国最強の前衛でも再び頂点に立つのは難しい。それだけ得難《えがた》い仲間だった。

新しい家の受け入れが整い、奴隷たちの引き取りまで日がある。

依頼で儲《もう》けるか。討伐するにしてもギルドで情報を手に入れておかないとうまみがない討伐をしてしまうことになる。

そしてギルドに到着《とうちゃく》すると、受付嬢《うけつけじょう》から手紙を渡《わた》された。

普通《ふつう》の手紙ではない。硬《かた》く高級な封筒《ふうとう》に封蝋《ふうろう》がされており、その蝋《ろう》に刻まれている印は見間違《みまちが》うはずもない。帝国皇族が使う印だ。

帝国皇女殿下《でんか》からの直々の手紙である。

手紙にはパーティーへの労《ねぎら》いと解散を残念に思うこと。そして依頼を達成した事への感謝を示すための帝国皇城への呼び出しであった。

残念な事にカスガルたちは冒険者ではなくなったのなら無理に来なくていいと書いていた。道づれにはできなそうだ。カスガルもレナティシアも皇族に会うのは恐縮《きょうしゅく》すると言っていたし。


冒険者にとって正装とはなにか、と問われたら俺はこう返す。

冒険の時に着ていく服だ、と。

ドレスコードは知っているし、もちろんそういう店ではそういう服を着ていく。

しかし冒険者としての功を労うための場に着ていくなら、俺は冒険者としての服装で行く。

冒険者と帝国貴族は同じ世界を生きているわけではないが、その実共存関係にある。

へりくだるだけではダメなのだ。

なかなか同業には分かってもらえないのだがな。

皇女様からもらった手紙には日付も記入されていて、俺はその日に皇城に到着した。

武器は俺の象徴《しょうちょう》でもある天剣《てんけん》のみ。本来皇族と会う際の武器の持ち込《こ》みは禁止だが、俺は許されている。国に対する貢献度《こうけんど》が違うんだよ、貢献度が。

皇女様の命を何度か救っているしな。わざわざ自分が助けた命をこの手で失うなんて馬鹿《ばか》げている。

皇城の門番に皇女様からの手紙を見せて通してもらう。

門番は全身フルプレートの騎士《きし》で、動きこそ鈍重《どんじゅう》だが大型の魔物よりよほどタフだ。

鎧《よろい》には耐魔術《たいまじゅつ》に優《すぐ》れた金属が混ぜ込まれており、大規模魔術でも倒《たお》れない。

もし戦うなら？　俺がいくら強いからってめんどくさいから放置するね。優秀《ゆうしゅう》なタンクとは戦わないのが一番だ。

一人の兵士が俺を先導する。

若い兵士だが、よく鍛《きた》えられているのが分かる。帝国はやはり強い国だ。

冒険者を続けるうえで発展し続ける国にいるのは大切だからな。

兵士は戦場での俺を見たことがあるのか、合間に話しかけてくる。

俺も無体にするつもりはないので相手をしてやる。

応接間に到着すると、俺は少しばかり逸《はや》る気持ちを抑《おさ》えて、応接間の扉《とびら》をノックする。

扉を開けたのは髪《かみ》の長いメイドだった。確か皇女付きのメイドだ。

「どうぞこちらへ」

ここに来るのは二度目になるか……。

前回は天騎士と呼ばれた頃だな。馬鹿どもが我を失って呼び出してしまった天使の降臨に皇女様も巻き込まれて、結果的に俺が助けることになった。

あれから三年は経つか……。思い出したくもない。いくら俺でももうこりごりだ。我を失った連中は地獄《じごく》に行ってもらった。天剣が震《ふる》えるのを、俺は柄《つか》を押《お》さえて宥《なだ》めた。

応接間はなかなか広かった。奥《おく》には椅子《いす》に座《すわ》った皇女様。傍《かたわ》らに控《ひか》えるのは執事《しつじ》。壁《かべ》には数人の護衛の騎士がいる。

「ああ、よく来てくれたな。天騎士。先日の竜討伐はご苦労だった」

鈴《すず》を転がすようなよく通る声。青く長い髪に整った容姿。目つきは少しきつめだが、それがよく似合っていた。

現アリエーズ帝国皇帝《こうてい》の長女であり、継承権《けいしょうけん》第二位。皇女サナリエ・アリエーズ。

俺たち、いや俺の一番の顧客《こきゃく》だ。要求も随分《ずいぶん》高いが、な。

「お前にはいつも助けられている。感謝しているよ」

俺は促《うなが》されるままに椅子に座り、メイドがお茶を入れる。一息で飲み干した。無作法だが茶を楽しみに来たわけじゃない。

「それは何よりです皇女様。それに見合う報酬は頂いているので」

「本来は他のパーティーが担当する予定だったのだが、二年はかかると言われてな。お前たちならやってくれると思ったよ」

普通はかかるよ。俺たちは三人しかいないから一気にやるしかないだけだ。それを言っても仕方ない……依頼金は割増でもらっているし。

「皆《みな》を労いたかったのだが、他の二人は冒険者を引退したそうだな。お前は考えなかったのか？　私としては続けてくれて助かるが」

「あいつ等《ら》は上がりを迎《むか》えた。俺はまだ迎えていない。それだけですよ」

「そうか。……命を懸《か》けた仕事だ。お前たち冒険者にしか分からない感覚があるのだろう。あの二人には他で便宜《べんぎ》を図《はか》るとして、私の助けになってくれたお前にはこれを下賜《かし》する。受け取れ」

皇女様は壁際《かべぎわ》の騎士に荷物を持ってこさせる。

騎士から荷を受け取ると、包装を解いた。

中から出てきたものは……虹《にじ》の光沢《こうたく》をもつ一枚の金属板だった。

「何にしようか迷ったのだが、お前は冒険者としては頂点に立った男だ。金で買えるものはどうとでもなるだろう。故《ゆえ》にこれにした。これは皇族でもそう自由に手には入らんぞ」

それは至高の金属だった。

ダマスカス鋼よりも硬《かた》く、それでいて脆《もろ》さもなく。

オリハルコンよりも魔力効率がよく、軽い。

アンオブタニウム。世界の中心にしかないと言われる金属。

会うことすら難しい特定のゴーレムを倒すか、年間に極《ごく》わずかな量が炭鉱から採取されるらしいが、俺も実物を見るのは初めてだ。

希少すぎるがゆえ国が完全に管理し、秘匿《ひとく》する。

それだけの価値と力がある。

仮にこの金属を混ぜて手甲《てっこう》でも作れば、魔法をはじき、決して割れることのないものができ上がるだろう。さすがに武器にするだけの量はないが、装備を更新《こうしん》するくらいはできそうだ。

「お前ほどの冒険者なら、これを渡す意味が分かるだろう。頼《たよ》りにしている」

仕方ない顧客様だ。だが、付き合う価値がある。

ちなみにこの金属は売れば七代は遊んで暮らせる。間違いなく目の前の皇女様につかまるが。罪状はおそらく不敬罪かな。


皇女様との会談はつつがなく終わり、俺は解放された。

これからもこき使われることは確定だが、こういうものを用意してくれるなら悪くない。

皇女様から賜《たまわ》った虹色の金属板を掲げる。

太陽の光を散らし、七色に輝《かがや》く。

加工する当てもあるし、アクセサリにするかそれともどこかの防具を更新するか。

魔法の触媒《しょくばい》としても優秀だし、これがあれば俺の戦力が大きく補強される。

俺が金属板に魔力を通すと、より虹色が強くなる。

おれはそれを倉庫にしまうと、改めてギルドで依頼を物色した。

いくら価値があるものをもらっても、現金はいつだって必要だ。

稼いで使う。自然なサイクルだな。もうしばらくすれば金貸しに回した分の配当がまとまってくるんだが、やはり自分でも稼がないと暇《ひま》だからな。

俺に不労所得は合わん。死ねばいくらでもゆっくりできるだろ。

物色してきたものは手軽なものばかりだった。奴隷の受け取りもあるし、長くかかりそうな依頼は弾《はじ》いてきた。ソロで長期依頼は様々な手続きや準備が死ぬほど面倒《めんどう》だし。

貸倉庫から依頼に向いた剣を見繕《みつくろ》う。

討伐だし、火剣でも持っていくか。

雷剣《らいけん》も便利でいいのだが、雑魚《ざこ》相手には些《いささ》か消費が激しい。

俺にとってはたいして重くはないのだが、時間もないし動きを止めず討伐しようと思うとコストの軽い火剣が今回は便利だ。

雷剣も予備として持っていくんだけどな。移動が便利だし。

俺は火剣を鞘《さや》から抜く。宝剣、フレイムブランド。

剣身が鮮《あざ》やかな真っ赤に染まっている。

高難易度ダンジョンならたまに見かける武器で、一番流通が多いのもこの火剣だ。比較的《ひかくてき》リーズナブルで、上級パーティーならちらほら持っている。

前衛が最初に魔剣や、宝剣を手にする場合にほとんどがこの剣だ。

焼き付く火で斬《き》られれば、生き物ならそれだけで致命傷《ちめいしょう》になる。

逆に雷剣は高い。クソ高い。宝石なんて目じゃない。俺はこの剣が出品されたとき有り金をはたき、手持ちで売れるものをあらかた売って買ったくらいだ。実は借金もした。

あれから出品も聞かないし、より高く売れるだろうな。

天剣は一品物だ。同じものは存在しない。売ることもできない。

俺が死んだ後は教会が回収して、聖遺物として厳重に管理される。

俺が受けた依頼は二日ほど移動した先にある街からのものだった、オークのコミュニティが発生している可能性があるので調査もしくは殲滅《せんめつ》してほしいとのことだった。

もちろん殲滅する。いいオークは人のいる場所に出てこない。

人間から見える場所で活動するオークはその時点で敵だ。

本来俺が受ける依頼としては格が落ちるのだが、緊急性《きんきゅうせい》があるから問題ない。

あんまり人気ないしな。

街に着いた俺は早々にギルドで情報を集め、オークのコミュニティができているであろう場所にアタリをつける。経験から大体の場所は分かる。

こういう時に身分が分かるギルド証は便利なもんだ。

金の意匠《いしょう》をあしらったギルド証はそのまま俺の冒険者の地位を証明している。

ちなみに失くしたら再発行に凄《すさ》まじい金をとられる。

俺はアタリをつけた森に到着すると火剣を抜き魔力で火を纏《まと》わせておく。

どの程度コミュニティが発展しているかは分からないが、この森から先は既《すで》に奴《やつ》らのエリアだ。

一応は整備された道を歩きながら痕跡《こんせき》を調べる。誘拐《ゆうかい》や襲撃《しゅうげき》は既に何度か起きているらしい。オークたちにその痕跡を完璧《かんぺき》に消すことはできない。

不自然な獣道《けものみち》、折られた木。饐《す》えた匂《にお》いに血のわずかな跡《あと》。違和《いわ》感のある方に進んでいく。火剣は藪《やぶ》払いにも便利だ。

奥へ奥へ進むと、高く育った木が邪魔《じゃま》をして暗くなる。まだ開拓《かいたく》されていない場所の先にオークたちの拠点《きょてん》があった。

俺は匍匐《ほふく》してゆっくり近づき、奴らの様子を観察する。

普通オークは木の皮や獣皮《じゅうひ》を使った衣服を身に纏い、上に立つ個体は木を使った鎧らしきものを身に着ける。

しかし、ここの連中はどいつもこいつも、鉄製の武器をもち、鎧を纏っている。

鍛冶《かじ》の技術がある。という事は長生きをして知識をため込んだ個体が群れのボスだ。

長生きして力をため込むと、普通のオークよりも体もでかくなり知恵《ちえ》も働く。

それをオークロードと呼ぶ。さらに育てばオークヒーローだ。

オークヒーローにまでなると俺でもちょっと厄介《やっかい》な相手だな。

どっちがいるかは分からないが、放置していたら街一つ簡単に消えてしまう。

正面から乗り込んでからの力押しの正面突破《とっぱ》も、ストレスが発散できていいのだが、一応生存者がいるか見ておかないとな。俺は天騎士とは呼ばれていても騎士じゃなく冒険者だ。基本効率重視だ。

周囲をぐるりと確認すると、オークの拠点はすでに要塞《ようさい》化しつつあり、出入り口には常に見張りが立っているようだ。

統率《とうそつ》もきちんと取れている。

俺は最も気配が薄《うす》い場所から、温度を上げた火剣で壁を焼き切って中に入ることにした。壁は木だが、火剣の力で燃えないように制御《せいぎょ》できる。

穴を開けて中に入ったら穴は隠《かく》しておけばいい。

いくら統率がとれていてもオークの下っ端《ぱ》は決して頭がよくない。開けた穴も見えなければ分からないはずだ。

オークは人間より夜目が利《き》く。夜になるのを待たずに俺は潜入《せんにゅう》を開始した。

侵入《しんにゅう》の痕跡を隠し、周囲を警戒《けいかい》しながら進む。

夜をやり過ごし夜明けを待った。

夜は火剣がとにかく目立つしな。

建物や荷物の陰《かげ》に隠れながら観察すると、予想より遥《はる》かにちゃんとした拠点だった。

鉄装備を纏っていた時点で予想はできていたが……このまま放置されていれば半年程度で完全に軍団規模として動ける状態になる。

最も大きく力が強い人間が、オークで一番弱い個体程度と言われている。

純粋《じゅんすい》な肉体能力はオークが絶対的に強い。鉄で全身を覆《おお》い、それが群れを成す。

帝国にとっては悪夢だな。自国内からそんな軍隊が現れるんだから。

魔法に弱いからある程度被害《ひがい》を受けるくらいで済むが、そのある程度が洒落《しゃれ》にならない。

本来こうならないように騎士団や冒険者を使って群れを見つけたり、駆除《くじょ》したりして防ぐのだがな。

付近の村が被害に気付いたのは最近だし、どうにも群れの成長する速度と規模が普通ではないようだ。

一人でうろついているオークたちを始末しながら俺は考える。

ただのオーク掃除《そうじ》では終わらないかもしれない。

いくつか建物の中を調べて回るが捕《つか》まった人間はいないようだ。

あとは一番大きいあの家だ。おそらく群れのボスがいる。

はぐれたやつの死体が見つかるまでに偵察《ていさつ》を済ませておこう。

俺が本職の斥候《せっこう》なら始末せずに偵察をこなせるのだが、まぁ無理な相談だ。

ニアでも連れて来れば楽ができただろうか。

ちなみにパーティーだった頃はカスガルの魔法でとっとと焼いていたところだ。丸焼きだ。

レナティシアの力で捕まっている人間も分かったし、多分ピクニック気分で終わったぜ。

俺はゆっくりと建物に入る。

見張りもいないようだが……静かな室内に僅《わず》かに話し声がする。

オークはそれなりに知力がある。

ただ、それを伸《の》ばすことを知らないから、結果的に知力がないという扱《あつか》いをされる。

だが群れのボスともなれば、長く生きていて人間並みに賢《かしこ》い。

だから側近に言葉を教えていても不思議ではないが……。

ゆっくりと近づく。話の内容はまだ聞き取れない。

どうやら話が行われているのは部屋の奥のようだ。

仕切りは扉ではなく、布でされていた。耳を澄《す》ませてみる。

「――――――だ」

「――――――のか？」

もう少し近づく。声がはっきり聞こえてきた。

「成功の算段は付いている。後はお前たちが暴れればいい」

「支援《しえん》には感謝している……だが、なぜ人間の敵の我々を支援する」

「ふん。人間の敵もまた人間だとは知らんようだな」

「息子《むすこ》たちも腹を空《す》かせている、繁殖《はんしょく》の相手も必要だ。暴れることが支援の見返りなら……是非《ぜひ》もないが」

一方の声は野太く、低い。オークだろう。

問題はその話し相手だ。俺の耳が腐《くさ》ってなければ間違いなく人間だし、話している内容もそれを裏付けている。

ここで飛び込むのは簡単だ、だが相手の面を割らなければ厄介なことになる。

「それでは失礼する。……ごほっ。これ以降は会う必要もないだろう。精々《せいぜい》暴れてくれ」

「そうするとしよう」

話が終わり、人間の方が此方《こちら》に歩いてくる。

いくつかの選択肢《せんたくし》が目まぐるしく頭の中に浮《う》かぶ。

時間がない。俺は身を隠し、まずはその顔を見極《みきわ》めることにした。

果たしてそれはある程度年を取ったおっさんだった。

知らない顔だ。だが、所属は分かる。持っている剣に刻まれている紋章《もんしょう》は王国軍のものだった。隠しもしていない。

後ろから斬れば今ならヤれる。だが、その死体をどうするか。

死体ごと始末するか？　確かに面倒はないが、敵がこいつだけじゃなければ、余計なトラブルになる。

ここは未開とはいえ、そもそも帝国内の領地だ。王国軍が国境を無断で超《こ》えてオークたちに支援している？　誰《だれ》が信じるんだ、そんなこと。

あくそ、政治的判断は難しい。皇女様にぶん投げるしかない。

俺は男を見逃《みのが》し、立ち去るのを待った。

王国と帝国は長い間同盟関係にあるが、実はトラブルが絶えない。

皇女様と向こうの王女様の仲がいいから最近は落ち着いていると聞いていたのだがな。

全く胃が痛くなってしまった。このストレスはオークを焼いて発散しよう。

ちなみにオークを焼いても豚肉《ぶたにく》のような匂いはしない。

誰かもう一人いればあの怪《あや》しい男を追うこともできたのだが……これはっかりはソロの限界だ。

難しい政治判断とやらは得意な人間に任せるとして、俺は得意な荒事《あらごと》を片付けるとしよう。

もうこそこそする必要もない。全力で火剣に魔力を通し火を纏わせる。

俺は壁に火剣を擦《こす》り付けながら奥へ向かう。火を纏い超《ちょう》高温に熱された火剣は容易に壁を燃やし始めた。

奥に鎮座《ちんざ》していたのは予想通り、オークたちを束ねるオークロードだった。

オークロードは俺に一瞥《いちべつ》すると、顎《あご》を擦《さす》りながらうなる。

「……人間。先ほどのやつの話と違う」

「いい、いい。どうせお前に色々聞いても仕方ない。オークの言ったことを真に受けるやつはいない」

俺のネームバリューがあってようやく情報として扱ってもらえるかどうかなんだ。それにこいつがどれだけ知っているかも怪しい。

「冒険者、か。そろそろここも大きくなりすぎた。嗅《か》ぎつけられたか」

オークロードは近くに立てかけてあった巨大《きょだい》な戦斧《せんぷ》を片手で掴《つか》み、立ち上がる。

でかいな。縦にも横にも俺の二倍近くはある。戦斧だけでも俺の体格並みの大きさだ。

亜人《あじん》系の魔物、特に前衛はでかいことが多い。

でかいという事はそれだけで強いという事だ。ベテランの冒険者でも一人では戦おうとはしないだろう。それを一人で倒せるから俺は最強と呼ばれるんだよ。

火が回れば他のオークも次々にやって来るだろう。囲まれると消耗《しょうもう》が激しい。さっさとこのでかぶつから始末する。


「────‼」

オークロードの咆哮《ほうこう》が部屋に響《ひび》く。その声の大きさはもはや音ではなく、衝撃《しょうげき》そのものだった。

オークロードは戦斧を両手に持ち直し、振りかぶって一気に叩《たた》きつけてきた。

盾《たて》ごと潰《つぶ》されるような一撃を、俺は後ろへ飛んで回避《かいひ》する。

戦斧は一撃では止まらない。膨大《ぼうだい》な筋力に支えられ、暴風のように振り回される。

さすがの俺も筋力勝負では不利だ。

「シッ」

戦斧の攻撃《こうげき》の合間を縫《ぬ》って火剣をオークロードの体に斬りつける。

火剣の火は再生を妨害《ぼうがい》する。多少の切り傷ならすぐ再生し、ものともしないオークロードも火剣による傷が増えていくと、その動きが鈍《にぶ》っていった。

「その剣……忌々《いまいま》しい火の魔剣め」

「対応できないやつが悪い。だろう？」

オークの筋力に対応できない人間はオークに殺されるし、火剣に対応できないオークは人間に殺される。自然なことだ。

どれだけ戦斧を振り回そうと当たらない。

俺が自分よりでかいやつを一体何体狩《か》ってきたと思っている！

傷だらけになったオークロードは地面に足を叩きつけ、身を低くする。

戦斧では埒《らち》が明かないと見切りをつけ、体当たりをするつもりだ。

ここは室内。戦斧を避《よ》ける程度ならまだしも、突進《とっしん》を回避し続けるだけのスペースはない。

いいだろう。来い。

オークロードは残った力で駆《か》け出し、体当たりをしながら戦斧を振り上げてくる。

俺は火剣で受けるが、突進は止められず、そのまま後ろへ引きずられ、壁を破壊《はかい》して外に叩きだされた。

凄まじい力だ。一度受けただけで両手に痺《しび》れが残る。

俺は手に力を込《こ》めなおし、火剣を構える。

火剣に刃毀《はこぼ》れはない。周りには物音や火に吸い寄せられオークたちが集まってきていた。

形勢逆転、などと考えているのだろうが不利になっているのは変わらずお前だ。

俺は火剣にため込んだ魔力を解放した。

火剣は火を纏い熱で相手を痛めつけるだけの武器じゃない。

それはただのおまけだ。魔力で満たされた火剣の中は巨大な炎《ほのお》がうねりを上げていて、それが表面に出てきているだけに過ぎない。

それを表に出してやる。

「火剣、解放――」

灼熱《しゃくねつ》の炎が俺の周囲全てを巻き込んで焼き尽くす。

タフであっても魔力防御《ぼうぎょ》のないオークに火剣の炎に耐《た》える術《すべ》はない。

あっという間にオークたちが焼き尽くされ、膝《ひざ》をついたオークロードだけが生き残った。

火剣に守られた俺は少しばかり熱いだけだ。

「息子たちが……おのれ、貴様」

「いやいや、俺を恨《うら》むのはおかしいだろ。この後人間を襲《おそ》って殺しまくるつもりだったのに、なんで俺が悪者なんだ。いいか、善良なオークってのは、人間と離《はな》れて平和に暮らすオークだ。退治される悪いオークは人間を襲うオークだ」

人間に関《かか》わる事もなく平和に暮らしていれば、無理に倒したりしない。平和は尊いのだ。

オークロードが残りの力をふりしぼり、赤くなった戦斧を掴んで立ち上がる。

大した根性《こんじょう》だ。俺は少しばかりの賞賛を込めて、オークロードの心臓に火剣を打ち込み、とどめを刺《さ》した。

倒した事を確認し火剣を引き抜く。高熱で紅《あか》く爛々《らんらん》としていた剣身は元に戻り、纏っていた火も消えた。

火剣に貯蔵していた魔力の大半を使い切ってしまった。

オークロードは既に息絶えている。運がなかったな。

本来なら高位の魔術師がいなければ対処できない相手だった。

こいつが鉄装備に身を包んだオークたちを率いていれば、帝国にどれだけ被害が出たことか。

オークロードの棲家《すみか》は燃やしてしまったが、他はそのままにしておいた方がいい。

帝都に戻ったら皇女様に手紙を書いておけば、帝国軍が調べてくれるだろう。

オークは牙《きば》が素材になるし、宝石を多少ため込む。

俺はオークロードの牙を取り、緑色の宝石を回収した。これで少しは金になるだろう。

後は戦斧か。

刃の部分が大きく。持ち手は意外と小さい。

俺は火剣を仕舞い、右手で戦斧を持ち上げる。

筋肉が軋《きし》む感覚と共に戦斧がゆっくりと持ち上がる。

俺は重戦士にも引けを取らない筋力があるが、これをオークロードのように片手で振るのは不可能だ。腕《うで》がいかれる。両手で持てば武器として使えるが、一度振りぬいてしまうと、隙《すき》だらけになる。

分かってはいたが、とても人間が扱える武器ではない。

獣人《じゅうじん》族の筋力でもまだきつい。ドワーフにはそもそもデカすぎるし、巨人《きょじん》族でようやくまともに振れるかどうかだ。

引き取り手がなくても熔《とか》せば鉄にもなるから、俺は一応戦斧も持って帰ることにする。他にも依頼をこなそうと思ったが、疲《つか》れたし火剣のチャージも切れた。

撤収《てっしゅう》だ。

拠点全体を回って生きているオークを倒しておいたが、やはり女はいない。

子供もいなかった。戦士たちだけを集めて、人間を襲い繁殖するつもりだったのだろうか。

たとえオークであっても無抵抗《むていこう》な子供を殺すのはさすがに胸が痛む。だから一《ひと》安心だ。

死体は獣《けもの》たちが処理してくれるだろう。

俺は戦斧を背中に括《くく》り付け、街に向かう。

さすがに重い。街に着いたら馬車でも借りるとしよう。

……俺が帝都に戻れたのは二日後だった。

街ではゴブリンの襲撃が始まっており、俺はいやいやながらゴブリン退治をする羽目になったからだ。


これは間違いなくオークの拠点で会ったあの男の仕業《しわざ》であろう。

絶対に許さない。俺をコケにしやがって。

必ず殴《なぐ》ると誓《ちか》い、俺はゴブリンたちを血祭りにあげた。


王国内某所《ぼうしょ》にて。

小さな部屋で軍服を着た男たちが、深刻な顔で話し合っていた。彼《かれ》らの胸には勲章《くんしょう》が輝いている。

「襲撃してきたのはゴブリンだけですぐ鎮圧《ちんあつ》された？　どういう事だ。オークたちも参加するはずだっただろう。この騒動《そうどう》でしばらく帝国軍の目は国内に向く手筈《てはず》だったではないか」

「それがどうも、オークの拠点は制圧されていたようで……」

「馬鹿な。将軍！　わざわざ見に行ったのだろう」

禿《は》げた大男が怒鳴《どな》る。オークの拠点にいた男は汗《あせ》をぬぐいながら弁明する。

「ええ、私も困惑《こんわく》しております。元帥《げんすい》閣下。直接オークの長《おさ》と話をして、私は帰還《きかん》したのです。入れ違いで制圧されたとはとてもとても、あの拠点の戦力は街の警備隊どころか、帝国の騎士団でも苦戦するほどです」

「ならなぜだ」

「天騎士」

今まで沈黙《ちんもく》を保っていた目のすわった幽鬼《ゆうき》のような男が口をはさむ。

「なに？」

「帝国最強の冒険者ですよ。騎士ではありませんが、天騎士と呼ばれているようです。調べたところ彼が一人で乗り込んで、オークたちを制圧してしまったとのことで」

「ひ、一人で？　あり得ぬ。オークロードだぞ。王国騎士団でも一つの部隊でかかりきりになる。冒険者であろうと複数のパーティーで戦うべき相手のはずだ」

「間違いございません。複数のルートから情報が上がっております。それにその天騎士、これだけではありません。帝国侯爵《こうしゃく》の娘《むすめ》の誘拐も、防止しました」

「あれは帝国の獣人パーティーに邪魔されたはずだが」

「その一団にいたようなのです。護衛として置いていた我々の派閥《はばつ》の騎士も、奴に殺されたのでしょう」

「では二度も冒険者に邪魔をされたと？　どういうことだ？」

「詳細《しょうさい》が帝国へバレているなら、さすがに帝国軍が動くでしょう。しかしその様子はありません。偶然《ぐうぜん》と考えるしか……」

「くそ、王女派の力は日増しに強まっている。このままでは我々は……何としても儀式《ぎしき》を間に合わせなければ」

　禿げた大男が頭を抱《かか》える。

「その冒険者にも対処が必要かもしれん。また邪魔をされれば我々の計画に大きな問題をもたらすぞ。帝国貴族の血も使えなくなり、帝国軍の動揺《どうよう》も誘《さそ》えなくなった」

「もう少しその冒険者を調べておきます。元帥閣下」

「頼《たの》むぞ、保安部隊長」

　幽鬼のような男は、口に笑みを張り付け頷《うなず》いた。


　運がいいのか悪いのか、どうも最近想定外のトラブルに巻き込まれている。

　一応は相応《そうおう》のリターンも手にしているから、冒険者としては悪い事ではなかったりするのだが……。

　竜の群れを討伐して一息つけるかと思ったら、パーティーは即《そく》解散。元メンバーは冒険者もやめてしまった。

　暇つぶしに慕《した》ってくるニアの護衛依頼に協力したら、いつのまにか盗賊狩《とうぞくが》りになって貴族のお嬢《じょう》様を助けた。

　加えて小銭《こぜに》を稼ぎに討伐依頼をしたら王国軍がオークを支援してました、ときた。あの戦斧、高く売れるといいな。宝石類でそれなりに稼ぎはあるが。

　なにはともあれ普通の依頼をこなしたい。いくら俺が屈強《くっきょう》な戦士でも精神は普通に疲弊《ひへい》するのだ。

街の代表者からゴブリン退治のお礼と報奨金《ほうしょうきん》を受け取り、そんなことを考えていた。

疲れた顔をなんとか隠して対応した俺は我ながらプロだと思う。

帝都に戻ろう。一か月はしっかり休みたい。

ああそういえば、丁度奴隷を受け取るタイミングだった。

二人ともまだ幼いが面《つら》はいい。あれは美人になる。

夜の相手はまだ無理だが、そうだな。まずはマッサージでもしてもらうか。

馬車でようやく帝都に戻る。

巨大な戦斧を抱えた俺を、門番から帝都の住人までじろじろ見てくるが、それが俺だと分かると心配がなくなったのか見られなくなる。

こういう時は有名であるメリットがでかい。

とりあえず戦斧を含めた戦利品を契約《けいやく》している倉庫に押し込み、俺は自宅に戻った。

手配した業者は作業を終わらせていたようで、予定通りの家具が配置されている。

これなら奴隷たちも迎えられるだろう。

皇女様への手紙をしたためておく。さすがにこれは検問を通さない特殊《とくしゅ》なルートで送らないといけない。

とりあえず風呂《ふろ》を沸《わ》かす。火と水の魔力石を起動させてやれば後は勝手に湯が溜《た》まる。

そういえば奴隷の二人に魔力はあるのだろうか。確認しておかないとな。

この家は便利に作ったが、それは魔法の補助があるからだ。

奴隷たちに魔力がないなら定期的に俺が魔力を補充《ほじゅう》する必要がある。

面倒だな。最悪魔力持ちの奴隷をもう一人買うか、補充屋と契約するか。

俺は準備用の部屋で鎧を脱《ぬ》ぎ、湯で汚《よご》れを洗い流して陰干《かげぼ》ししておく。乾《かわ》いたら油を塗《ぬ》っておけばいいだろう。火剣は柄《つか》以外汚れていない。高温だから汚れがついても焦《こ》げてそぎ落ちるのだ。

柄の汚れを奇麗《きれい》に拭《ぬぐ》ってやる。

冒険者にとって装備は半身のようなものだ。

良い装備に身を固めるほど、その冒険者の価値は高まる。

そりゃあ俺は無手だろうと強いが、じゃあ無手であのオークロードを倒せるかというと無理な話だ。

殴ったところで筋肉の鎧に阻《はば》まれるし、それがなくても高い再生能力で無効化される。

鎧だってなければ掠《かす》っただけで致命傷になるだろう。

高級装備に身を固めた素人《しろうと》は弱い。

しかし装備を持たない強者も弱いのだ。

だから一流の冒険者は装備を大事にするし、良い装備を求めるものだ。

ここでケチると、一流にい続けることはできないのだ。

たまに才能はあるが伸びない奴もいる。

中には、癪《しゃく》だが俺を超えるような才能を持ったバカ獣みたいなやつだっていたのだが……。

そういうやつは大概《たいがい》にして、装備に金をかけていなかった。

才能があるから装備は後回しでも良いと考えてしまうらしい。

しかしそうではない。才能があるからこそ最高の道具を揃《そろ》えなければ伸びないのだ。

俺とて、最初に火剣を手にするまでは、ハッキリ言って凡百《ぼんぴゃく》の戦士に過ぎなかった。

なまくらの剣では魔物をたいして狩れない。それは剣の腕でカバーしきれるものじゃない。

そして俺を最強へと押し上げた武器こそが、この天剣だったのだ。

俺がいた帝国最強だったカスガルのパーティーにおいて、一番の偉業《いぎょう》は何かと問われたらこの天剣を手に入れたあの出来事だろう。

竜の群れを討伐する事よりも、だ。

世界が蒼く染まったあの日……。いまだに思い出して寒気がする。

何とかしなければ死ぬという絶望的な状況《じょうきょう》で、俺は天使と戦う羽目になったのだ。

天剣が震える。契約によりこの剣には戦った天使が眠《ねむ》っている。

天使の力を持った剣でできることは、それこそ人の域を超える。

俺とて容易に扱える規模ではない。

そんなことを考えながら手入れを終える。

さて、風呂に入るか。

俺は体を奇麗にして足を伸ばして浴槽《よくそう》につかる。かなり広く作ってあるからあと二人くらいなら入れる。

風呂はいい。宿に素泊《すど》まりだった時でも公衆浴場を探しては毎日通っていた。

しっかりと湯で温まり、やっと俺は一息つくことができた。

冒険者稼業《かぎょう》の常とはいえ、「きつい」「汚《きたな》い」「危険」のうち汚いってのは特に嫌《いや》になる。

さて、カーガン商会に奴隷を迎えに行くか。

届けさせても良かったのだが、少女たちが生活するうえで必要なものは一切《いっさい》ないので奴隷を受け取った後に買いものもしなければ。

いかん、のんびりするはずだったのだが意外と手間暇がかかりそうだ。

奴隷たちがそれに見合うことを祈《いの》るとしよう。

次の日、朝からカーガン商会に出向く。

直ぐに応接間に通されるが、少しばかり待たされた。

出されたお茶に口をつける。この香《かお》りは……皇女様と会ったときに飲んだものだな。随分羽振《はぶ》りがいいようだ。

俺が飲み切る前に部屋のドアが開く。

カーガン会長が二人の少女を連れてきた。

二人の少女は俺が購入《こうにゅう》した奴隷だ。

ノエルとアーネラ。種族は二人とも俺と同じ人間だ。

別に俺は亜人獣人に偏見《へんけん》はない。獣人のニアとも仲がいい。

だが、一緒に暮らすとなると種族に違いがあると面倒なのだ。

食べ物の好みも違うし、習慣もある。同居するならやはり同じ種族が一番というわけだ。

ノエルとアーネラは揃ってスカートの裾《すそ》を摘《つま》み、頭を下げる。

花の香水《こうすい》の匂いが鼻腔《びくう》をくすぐった。

「お待たせ致《いた》しました。オルブスト様。ご購入いただいた奴隷をお連れいたしました。ご依頼通り、お預かりしている間に家事や魔道家具について教育しております」

「ああ、助かる。家を新しく買ったはいいが、俺がいない間は無人になるからな。無人の家は傷《いた》むのが早いと聞くし、管理者が欲しかった」

「左様でございますか。この二人ならば十分にお役に立てると自負しております」

「ああ、教育されているのがよく分かるよ。俺よりも教養があるかもしれないなぁ」

俺はそう茶化してみる。実際相当な教育をされているようだ。

ノエルが再び頭を下げる。

アーネラが遅《おく》れて続く。

「お役立てくださいませ、ご主人様」

「期待している。カーガン会長。このまま連れて帰ってよいのか」

「ええ、もちろんです。登録は済んでおりますので。奴隷法には十分ご留意くださいませ」

「目は通してある。冒険者は案外ルールでがんじ搦《がら》めだからな。心配するな」

そう、自由人だと思われているが冒険者は守らなければいけないルールが多い。

帝国法はもちろん領地によっても一部の法が変わる。

カーガン会長はいかにも大げさに恐縮する。

握手《あくしゅ》を交《か》わし俺は立ち上がる。

少女二人はすぐに俺の後ろに回った。まるで部下のようだ。

「また何かありましたらご利用ください」

「ああ、頼む」

とはいえ、すぐにはそんな機会はないだろう。

なんせこの二人だけでちょっとした財宝並みの価格なのだ。

本来気軽に買えるような奴隷ではない。俺は買える。

カーガン会長に見送られ俺たちは商会から出る。

後ろを見ると行儀《ぎようぎ》よく二人が付いてきている。

見た目には奴隷には見えない。今着ている服は年頃《としごろ》の子が着るものだが仕立てが良い。ドレスでも着せてやれば貴族の令嬢《れいじよう》と言っても通る気品がある。

着せ替《か》え人形にするのも楽しいかもな。

俺は冒険者の例に漏《も》れずコレクター気質だった。

不思議なものでダンジョンからは様々な道具が発生し手に入れられるが、売れ筋ではない道具は安かったり売れるのに時間がかかったりする。だから割とため込む。

金銀財宝は国が買い取ってくれるし、処分も容易《たやす》いので収入はそっちがメインだ。

その中にはこの二人に似合う衣装《いしよう》も交ざっていたはずだ。

ドレス型の道具もあっただろう。着飾《きかざ》ってやるのも面白《おもしろ》そうだ。

機嫌《きげん》をよくする俺に二人は黙《だま》って付いてくる。

大方俺が変なことを考えているのだろうと察したのか。

ま、奴隷とはいえ本心からの忠誠ははなから期待していない。

二人は俺に尽くせばいいし、俺はこの二人を便利に使えればいい。目の保養にもなるしな。

俺は長い髪の女が好きだ。

その点この二人は共に美しい、亜麻色《あまいろ》の長髪《ちようはつ》と銀色の長髪。

少女たちの見目の麗《うるわ》しさと合わさり、可憐《かれん》という言葉がよく似合う。

俺はよく利用する商会に入り、少女たちの日用品を買い込む。

俺には分からない。だが主人として不便をさせるわけにはいかない。奴隷が舐《な》められるのは俺が舐められることになる。

女の店員を呼び、少女たちに必要なものを任せる。少女たちにも遠慮《えんりょ》なく必要なものを言わせる。金で買えるものに遠慮はいらない。

下着に着《き》替《が》えに、肌《はだ》や髪の手入れ用の美容品など、あっという間に山となった。

女は男よりも身《み》支《じ》度《たく》に手間がかかると聞いたが、凄《すご》いな。

俺好みの服も大量に買う。この二人には俺の目を楽しませる役目もあるのだ。

奴隷の二人はいちいち俺に構わないか聞いてくるが、これはまぁ仕方ないだろう。

確認せずに不興を買うリスクは負いたくないのは分かる。奴隷ならなおさらだ。

山となった荷物を家に届けさせる。明日には届く手筈になった。

女の店員は満面の笑みで会計をしてくれた。

これだけ買えば中々の値段になるはずだ。さぞ嬉《うれ》しいだろう。

おおいに儲けて良い品を仕入れてくれ。

帝国金貨で支払う。二人の消耗品は定期的に届けさせるため釣《つ》りはそのまま預けた。

やれやれ、女は確かに金がかかる。

二人は初日から自分たちのためにこれだけ買い物をするとは思わなかったらしく、動揺している。

俺はお前らが思っているよりもずっと金がある。

冒険者の頂点とはそういうものだ。

あ、金といえば金貸しから利子を受け取らなければいけない。

俺は家を空けることが多いからこっちから出向く必要がある。

銀行は、一度金を入れると出すのが大変だから利用したくない。

これからはこの二人がいる。家に届けさせればいい。

家に奴隷がいるというのは便利だ。早速《さっそく》実感する。

「もう一つ寄るところがある。付いてこい」

「「はい」」

余り長々と連れまわすのも疲れさせてしまうか。これが終わったら帰宅しよう。


帝都で一番大きい金貸し屋といえばここ、ダルマン金庫だろう。

元々貸金庫、貸倉庫屋だったが事業を拡大し金貸しまでやるようになった。

貴族から一般人《いっぱんじん》まで手広く金を貸し、利子を稼いでいる。

その取り立てもなかなか苛烈《かれつ》なようだが、決して法に触《ふ》れるような事はしない。

ダルマン金庫の会長はその辺をよく弁《わきま》えている。

きちんと返済していれば、ここは善良な金貸し屋だ。

だから俺はここに金を〝貸して〟いる。

入り口まで来ると、見知った顔を見かけた。

向こうも立ち止まる。

「上手《うま》くやったみたいじゃないか」

そう言ってきたのは冒険者のベルギオンだった。

両脇《わき》には女が控えている。一人は髪も背も長く、もう一人は髪も伸ばしておらず背も小柄《こがら》だ。

そしてこの男は……以前の俺のパーティーが帝国最強のパーティーだったなら、こいつは帝国最大のパーティーだ。

もはやパーティーという規模ではなく、ちょっとした軍隊という規模になっている。

それを率いる此奴《こやつ》の二つ名は「野良《のら》将軍」。いまいち締《し》まらない二つ名だがその組織力は本物だ。

主に大型の依頼を受け、人海戦術で魔物を狩り、稼いでいる。

ギルドとのトラブル回避のために、余り気味の大型の依頼しか受けていない。

狩場《かりば》の独占《どくせん》もしていない。うま味はあるが人気はない魔物を狙《ねら》って狩る。

多分最強だった俺たちよりもよほど稼いでいるだろう。

「何のことだ」

俺が聞き返すと、ベルギオンはため息をついた。

「竜の群れだよ。あの依頼は本来俺らが受けるはずだったんだ。調整もしていた。皇女様の一声でお前らになっちまったが」

「そいつは悪かったな。美味《うま》い依頼だったよ」

「あの額を三人で分ければそうだろうな。俺も皇女様に逆らう気はないからいちいち揉める気はない。が一言くらい言わせろ」


俺は得るものは得ているので好きにしろ、と言った。

そんな俺たちのやり取りはどうでもいいとばかりに、背の高い方の女は俺の奴隷を見つめる。

「可愛《かわい》い子たちだね。撫《な》でてもいい？」

「構わんが、キリア。お前の馬鹿力《ばかぢから》で撫でられたら怪我《けが》をする。加減しろよ」

キリアと呼ばれた女が特に髪が気に入ったのか、傷めないように優《やさ》しく触《さわ》り始めた。

「分かってるって。髪サラサラね。どこから攫《さら》ってきたのよ」

この女、とんでもない事を言う。

「奴隷だよ奴隷。ソロになったし身の回りも不便だからな」

「ふーん」

ベルギオンは笑いをこらえている。

「お前にそんな趣味《しゅみ》があったとはな」

「どうせなら可愛い方がいいだろう」

「それはそうだが」

背の小さい方の女……ラグルがため息をついて二人に小言を言う。

「用は済んだんだし、行きますよ。アハバインさんにも迷惑《めいわく》です」

その一言でお開きになった。

「ああそうだ、一応聞いておくけどうちに来るか～」

「断る。お前の所に行ってもうまみがない」

「だよな。俺は安定して狩りをして安定して稼ぐのが好きだから、お前とは合わない」

そう言って立ち去って行った。

食えないやつだ。この帝都で、いや帝国で安定して竜の群れを狩るなんてあいつらしかできないだろう。

まああいつらだけに任せたら年単位でかかるから、俺らにお鉢《はち》が回ってきたんだが。

「あの、ご主人様。今の方は」

「あいつはベルギオンだ。ソロバンを弾くのが大好きな冒険者さ。もっとも大して強くないがな」

そう、あいつ自身は中の上が精一杯《せいいっぱい》だ。いくら運営手腕《しゅわん》に長《た》けているからと言って帝国最大のパーティーのトップとしては力不足だ。妹は強いのだが。

それを支えているのがあの双子《ふたご》。竜人《りゅうじん》。最良の種族と呼ばれる存在。

獣人を超える身体能力と、竜の心臓による強烈《きょうれつ》な強化。

巨大な魔力を保有し、細かい魔法はともかくシンプルな攻撃魔法なら大魔法だって一人で撃《う》てる。

笑ってしまうくらいに強い。そんな二人があいつの脇を固めているのだ。

いずれはあいつらが帝国最強の扱いをされることになるだろう。

つまり帝国最大最強のパーティーというわけだ。

とはいえ、竜人がどれだけ強かろうがタイマンなら俺が勝つ。

強さとは能力値だけでは決まらない。それだけ俺の手札は強い。

そこに絶対的な火力のカスガルと強化、補助、回復が揃ったレナティシアが揃えばそりゃあ帝国最強というわけだ。

まぁ一度手にした最強の称号《しょうごう》にもう興味もない。

余計な時間を食った。俺は奴隷たちを引き連れてダルマン金庫に赴《おもむ》く。

奴隷たちはやや申し訳なさそうにしている。もしかしたら俺が金を借りに来たと思ってるかもしれんな。

中は小奇麗にされており、調度品を飾《かざ》って香《こう》まで炷《た》いている。

いかにも儲かってますという雰囲気《ふんいき》だ……。いい事だ。借金は行き過ぎなければ役に立つ。

さっそく受付に座る。奴隷は立たせておく。

ちなみに受付は全員女で美人だ。会長の趣味だろう。

俺が受付で用件を伝えると、すぐに受付の女が用意されていた金を持ってくる。

王国金貨が五〇枚。白金貨が三枚。

大体この二人の値段分の利子を受け取る。

奴隷たちが唖然《あぜん》とした顔をしている。

まぁ当然か。王国金貨五枚もあれば家族一つが一年暮らせる。

白金貨は一枚で家が建つ。

それをポンと出されたのだ。意味が分からないだろう。

ダルマン金庫にはこれまで大きく稼ぐ度にかなりの額を貸していた。

ダルマン金庫が大きくなるたびに金主の口の話が来るもんだからつい出資してしまった。

カスガルもレナも貯金派だったから利子を受け取るのは俺だけだ。

ダルマン金庫が潰れたら元金はパーだから、俺も無理には勧《すす》めなかった。

俺もこれ以上出資する気はない。これからはどうしても稼ぎは減るし、パーティーも解散したし得た資金はある程度大事に使わねば。

俺の利子のためにもダルマン金庫には稼いでほしい。

幸いというか、帝国の景気はいい。皇女様を旗頭《はたがしら》に経済発展を続けている。

皇女様から出資を求められたらある程度出す気もある。皇族からはとりっぱぐれないからな。国相手にはあまりしたくないが、ないと思うが出し抜かれたら俺は暴力で対抗《たいこう》できる。

用事を済ませ、ようやく俺は家に到着した。奴隷とはいえ、少女を歩き回らせるのは良くなかったか。いやしかし奴隷は働くものだ。飾っておくつもりで買ったわけじゃないし。

俺は金の入った袋《ふくろ》を金庫にしまう。鍵《かぎ》は付いていない。

不用心に見えるが、そもそもこの家自体に防犯機能が付いている。シンプルだが強力な、招かねば入れないという魔法だ。

ちなみに奴隷の二人については家に入るときに登録を済ませている。

さて、と。

俺はソファーに腰《こし》かける。柔《やわ》らかいクッションで体が沈《しず》む。

そして少女たちに目を向ける。

「構わん、座れ」

「はい」

声をかけてようやく二人は対面のソファーに座る。

座り方ひとつとっても行儀が良く、気品もある。

「ノエルとアーネラだったな」

亜麻色の髪がノエル。銀色の髪がアーネラだ。

「改めて言うが、お前たちを買った理由はこの家の維持と管理、そして俺の世話だ。冒険者をやっていると家を空ける事も多くてな。売りに出ていた家を買ったはいいが、家を空けてばかりでは家が傷む。かといって冒険者の家だ。金目の物はハッキリ言って多い」

少女二人は真剣《しんけん》な顔で俺の話を聞いている。

いい心がけだ。

「他人を入れて盗《ぬす》みを働かれるのも気分が悪い。そこでお前たちを買ったわけだ」

「お任せください。掃除洗濯炊事《せんたくすいじ》、いずれも十分こなせます」

「いい返事だ。きちんと働けば相応に扱う。それでだが、お前たちは得意な事はあるか？」

話しぶりなどからしても、この二人なら俺が求める役割は十分果たせるだろう。

重労働の仕事はほぼ魔道家具に置き換《か》えているから、普通に働くなら少女二人でも問題ない。手際に関してはまだ分からないが、慣れればいいだけだ。

なら、後は何ができるのかくらいは知っておきたい。

「私は計算と舞踊《ぶよう》ができます。小さなお店の帳簿《ちょうぼ》くらいなら書けます」

ノエルに続いてアーネラも答える。

「私も舞踊と、補助魔術が使えます。魔力は平均より多いと言われました」

舞踊は必須《ひっす》技能なのか？　まぁ可愛い少女が踊《おど》ればさぞ見栄《みば》えがいいだろう。
基礎《きそ》的な教養は高めた上でノエルは計算、アーネラは補助魔術、か。
ノエルには仕事を手伝わせるのもいいかもしれんな。
どんぶり勘定《かんじょう》では冒険者はやっていけない。
収入と経費の計算は必須だが、これがめんどくさい。
例えばパーティーを組んでいても、リーダーに収支を投げっぱなしなど論外だ。
カスガルは悪人ではなかったし、パーティーの清算金も適正な額だったが。
ある程度ノエルに計算を任せて、確認するだけになれば俺も楽になるだろう。
ノエルにはちょろまかす理由がない。むしろ俺が稼げば稼ぐほど待遇《たいぐう》がよくなるのだ。
「では、二人とも踊ってみせろ」
「はい」
とりあえず踊らせてみる。
二人は立ち上がると、周りに物がない場所に移動すると俺に頭を下げ、踊り始めた。
多分一緒に練習していたのだろう。息が合っている。
踊りの良し悪しは分からないが、随分キレがいい。
スカートのひらひらがよく舞《ま》っている。
その中も見えそうで見えない……いや普通に見えている。
だが、さすがに欲情するにはまだ若すぎる。数年後にはいい女になるだろう。
笑顔を俺に向けながらスカートをひらひらさせて踊る少女二人。

はたから見るとなんというか、間抜《まぬ》けだな。

奴隷の二人は真剣に踊っているので悪い気がしてきた。

俺は手を叩いて褒《ほ》めてやる。

汗を流しながら二人が深々と頭を下げる。

よく躾《しつ》けられているし、使い潰すのはもったいない。大事にするとしよう。

二人は汗をかいているようなので、風呂場《ふろば》に案内する。

魔道家具の扱いは問題ないようだ。

魔道家具は魔石で稼働《かどう》する。俺がいるときは俺が補充するし、俺がいないときに切れたら魔石屋に行かせて魔石を交換《こうかん》させる。

金は金庫からもっていかせる。あの二人なら衝動《しょうどう》で動くまい。

家の事を任せるなら俺がいない間の金の管理を任せることになる。盗まれたら盗まれたで残念な事だが、どちらにせよ金庫の金は任せるしかない。

風呂に入るように促す。数日分の消耗品や着替え、タオルは持ち帰ってあるので問題ないだろう。急がなくてもいいと付け加える。

いちいち指示するのも面倒なので、いずれは勝手に動けるようになってもらわねば。

好事家《こうずか》なら一緒に入って体を洗わせるのだろう。

背中くらいは流してもらうか。

俺はソファーに寝《ね》っ転がると、そのまま目をつむる。

最近は特に忙《いそが》しかった。思えばパーティー解散からじっくり休めていない。

身体の奥に重い疲労《ひろう》がたまっているのを感じる。

俺はそのまま眠りに就《つ》いた。

――目の前に浮かぶのは、蒼い世界。

そこに佇《たたず》むのは一人の少女だった。

ただ立っているだけで荘厳《そうごん》な空気を生み出している。

その背中には、純白の眩《まばゆ》い羽が二枚生えていた。

天使。かつて帝都に出現し、あまりに強すぎるその力で、世界を捻《ね》じ曲げ彼女《かのじょ》の世界である蒼へと塗り替えていった。

たった一人の天使により世界が消える。そんな光景に対し、俺は小さな短剣を掲げ――

鼻腔をくすぐるのは、香《かぐわ》しいスープの匂いだ。

俺はゆっくりと目を覚ます。

何かを煮込《にこ》む音と、肉を焼く音。

野菜を刻む音もする。

音の方へ目を向けると、少女二人が手際よく料理をしていた。

食材は用意していなかったから買ってきたのだろう。

俺はしばらくその姿を眺《なが》めることにした。

天剣は静かに佇んでいる。寝坊助《ねぼすけ》め。

眺めている間に寝ていたようだ。アーネラが俺が目を覚ましたことに気付き、コップをもって駆け寄ってきた。

「どうぞ、ご主人様」

それはひんやりとした水だった。カットされた果物が入っていてほんのりと甘酸《あまず》っぱい。渇《かわ》いた喉《のど》には最適だった。果物も瑞々《みずみず》しい。

「食事の用意をしようと思ったのですが食材がなく……、金庫のお金を自由に使えと言われたので、そのお金で食材を買ってきましたが宜《よろ》しかったでしょうか？」

「問題ない。必要な金は以降も金庫から出して使え」

「かしこまりました。お食事をもうすぐご用意できます」

この家は元々でかいからか炊事場《すいじば》も大きい。少女二人が作業しても十分余裕《よゆう》があった。

ノエルとアーネラは手際よくテーブルに料理を配膳《はいぜん》していく。

見ていると、どうやら俺の分だけ配膳しているようだ。貴族じゃないんだから。

「お前たちの分も用意しておけ。分けて食べるなんて労力の無駄《むだ》だ。食器も片付かないだろう」

「宜しいのですか？」

「宜しいもなにも、俺は貴族じゃないんだから給仕《きゅうじ》なんぞいらん」

料理は明らかに三人前はあるんだから、いや三人前どころじゃない。

かなりあるぞ……まぁ初日だし張りきったのかもしれない。まるでパーティー会場みたいになっている。

食費がかかることはなんてことはないので、気を付けるべきは二人が作った料理を無駄にしない事だ。残ったなら明日食えばいい。

ちなみに俺は冒険者の例に漏れず大食漢だ。

二人は俺を待たせないように、急いで自分たちの分の食器も用意して料理を盛り始めた。

全体的に大皿で用意してそれを小皿に取り分けていく。

魚と野菜のサラダに、根菜の入ったやや黄色い透明《とうめい》なスープ。カットされたパンに添《そ》えられたバター。ソースが惜《お》しみなく掛《か》かった、ローストされた肉。

中々賑《にぎ》やかだな。

食器にも割とこだわったのですべて銀製だ。

器《うつわ》はそこまではしてないが。

リンゴ酒から作られたビネガーを使ったドレッシングは新鮮《しんせん》にサラダとよく合っていた。

スープもスパイスがよく利いていて、メインの肉は柔らかくソースが合う。

テーブルマナーは貴族との会食に必須だったので俺の食べ方は割と上品だ。

家の中なので食べるスピードを落とすほどじゃないが。

俺は二人も座らせ、フォークを持って食べ始める。

俺が食べ始めたのを見て、二人も手を付け始める。

丁寧《ていねい》な下処理がしてある。やはりこの二人は手を抜かずにちゃんと仕事をする。

家で料理をさせるなら十分すぎるほどだろう。

味付けは素材の味を生かすように薄味《うすあじ》だ。

貴族や成功した商人なんかはこういった上品な薄味の料理を好む。

塩と油でひたすら濃《こ》い料理ばかり食べると繊細《せんさい》な味が分からなくなるから、だそうだ。

正直俺にはそこまで分からないが、薄味自体は好ましい。

俺も塩と油を利かせた飯をひたすら食べていた時期もあったが、貴族の晩餐《ばんさん》会ではそういった料理は出ないからな。

商人は気を利かせてくれたのか、メインでは濃い味付けの料理を出してくる。

俺はすっかり薄味の料理に慣れてしまった。

塩も油もとりすぎると体の調子を崩《くず》すしな。

二人が食べながら何度も俺の方を見てくる。

さすがにこの辺はまだ幼い。隠すのが下手だ。

「二人とも美味いぞ。この調子で頼む」

「はい！」


俺はしばし舌鼓《したつづみ》を打つ。

二人の少女は俺が思うよりよく食べた。食べ盛りなのだろう。

俺も久しぶりのちゃんとした食事に食欲が刺激《しげき》されて、結局食べ切った。

腹が……きつい。次からはもう少し普通の分量にさせよう。

この様子をニアが見たら爆笑《ばくしょう》するだろうな。

そして怒《おこ》るに怒れないんだ。腹が圧迫《あっぱく》されてそれどころじゃないから。

俺がくたばっている間にノエルとアーネラはあっという間に後片付けを済ませてしまった。

少し休んだ後、ようやく動けるようになったので俺も風呂に入ることにした。

ノエルたちは付いて来ようとしたが、そんな必要はない。俺はやはりじっくり一人で風呂に浸《つ》かるのが好きなのだ。

まあ奉仕《ほうし》させるのはまたいずれでいい。

二人にはあてがった部屋でもう休ませた。

一人一部屋にしようとしたが、二人で一部屋でいいと言うのでそうする。

少女たちも疲れただろう。寝かせてやるのが一番の報酬だ。

余りに教育が行き届いていたから忘れていたが、まだ子供なんだよなと思った。

ま、俺が買ったからにはマシな人生を送らせてやるとしよう。


俺は魔石の効果でいつまでも熱々の風呂をしばらく楽しんだ。

番外編　思いもよらなかった新しい日々

幸せとは何か。答えは平穏《へいおん》に生きる事だと今なら答える。

もうあまり覚えていないけれど、小さい頃《ころ》はろくに食事をしていなかったことだけはやけに鮮明《せんめい》に思い出せる。

ひもじくて、ただ寒かった時の思い出。

奴隷《どれい》になると人間に値段がつけられる。つまり、売り買いされる対象となる。

中でも高級奴隷は、教養や技能を身に付けた奴隷に対して使われる言葉だ。

奴隷とは名がついているものの、普通《ふつう》の奴隷とは色々と違《ちが》う。

立場が違うわけではありませんが、価値が違うというべきか。

人間の価値は等しいという人はいるが、私たち奴隷にとってはそうではない。いや、実際同じなわけがない。

価値を高める事そのものが、自分の身を守る手段になるのだから。

概《おおむ》ね、高ければ大事にされて安ければ粗末《そまつ》に扱《あつか》われる事が多いのは、奴隷としての教育を施《ほどこ》される傍《かたわ》ら知らされた。

読み書き算術は元より、芸事や希少技能を日々の勉強や訓練で身に付けることで、少しでも良い所へ買われるようにする事が奴隷の一番の自衛策だ。

私もその一人だった。小さな頃に親戚《しんせき》にたらいまわしにされた挙句売られ、見た目が良いという理由で更《さら》に高く売るために色々と学ぶ事になった。

そして、それは多分私にとって一番の幸運だった。

大体の教育が終わり、十分な価値が出たという事で、そろそろ売りに出されるという話も聞いていた。

あの頃に比べれば今は楽園のような生活だったから、あとはできるだけ良いところに買われたいのが本音だ。

奴隷商も慈善《じぜん》事業ではないので、費《つい》やされたお金以上に稼《かせ》がねばならない。

与《あた》えられた環境《かんきょう》でベストを尽《つ》くす事になる。

カーガン商会の本店にある個室で、私は鏡の前で椅子《いす》に座《すわ》り、長い髪《かみ》の手入れをする。銀色の髪は常に手入れしておかなければ、すぐに傷《いた》んでしまう。

輝《かがや》きを保つのは一苦労だが、それだけの価値はある。

暇《ひま》があれば教養を磨《みが》くか、外見を磨けというのはカーガン会長の口癖《くちぐせ》だ。

結局それが私たちのためになるのも、買われていった人たちを見てよく分かった。

品格と自信。奴隷に縁遠《えんどお》い言葉だと思うものの、売れていくのはそういうのを持っている人だ。

替《か》えがきかない人間になれれば、奴隷であっても重宝されることになる。

それが奴隷としての価値を高め、商会の名声と利益になるというわけだ。

私たち買われる側にとっても、高い価値があるほど使い潰《つぶ》されるのではなく大事に扱われる可能性が高いので、大切な事だろう。

文字を教わり、外見の磨き方を教わり、文化を学ぶ。

高級奴隷の買取先は大きな商会の使用人や貴族のメイドとして買われる事もあると聞いた。

高い教養と美しい外見を活《い》かせるとなると、どうしても限られた。

身だしなみを整え、椅子から立ち上がる。今日の予定は確か……。

すると丁度部屋の扉《とびら》がノックされる。

扉を開けるとノエルが立っていた。亜《あ》麻《ま》色《いろ》の髪が揺《ゆ》れた。

ノエルは、カーガン商会にいる女性の高級奴隷の中では一番仲がいい。

同じ日に買われて、苦楽を共にした仲で歳《とし》も近い。

辛《つら》いときは慰《なぐさ》め合ったり、自由な時間にはずっと話をしたり。

例えば何かを相談する時は真っ先に思い浮《う》かぶ相手だった。

ただ少し浮足《うきあし》立《だ》っている様子。

「どうしたの？」

「ここで何かあるとしたらそりゃあ、決まってるじゃない。呼びに来たの。高級奴隷を買いに来る人が来るみたい。会長が何人か集めてて、アーネラと私もだって」

ここの高級奴隷の購入《こうにゅう》は少しショーじみたところがあった。

候補を何人か用意し、お客さんに選んでもらうのは普通の奴隷と同じですけど、その最中にまるで面接のような催《もよお》しを行う事になっていた。

見て話した方が分かりやすいし、価値を分かってもらえるという事でやっていると聞いたが、教育に自信があるという表れだった。

ちょっとした演出で満足度を高めようという策なのだそう。

男の人ってそういうのが好きらしい。

茶番に付き合うのも奴隷の大事な仕事なので、間違っても口に出さないけど。

でもそうして買われて大事に思われるなら、確かに得かもと思った。

最近お気に入りの花の香水《こうすい》を手に取り、うなじと手首に少しだけつける。

少しすれば体温で香《かお》りが広がり、匂《にお》いが馴染《なじ》む。

実際に会う頃には丁度いい感じになっているはず。

高級奴隷は様々な用途《ようと》で期待される事が多い。

同じ勉強や訓練を受けていても得意分野は違うので、相手の求めに応じて身請《みう》けされていった。

私とノエルは少し得意分野が違うので、もしかしたらどちらかが買われて離《はな》れ離《ばな》れになるかもしれないと思うと少し悲しかった。

しかしわざわざ会長が相手をするほどの人物とはどんな人なのだろう。

どうせ買われるならば、優《やさ》しい人だといいな。

奴隷に暴力を振《ふ》るって楽しむ人の噂《うわさ》は聞いた事がある。

買われた以上は逆らうことも許されない。一生地獄《じごく》だ。

逃《に》げても、逆らっても未来はない。

もしそうなったら私は耐《た》えるよりも刺《さ》し違いを選ぶだろう。

ノエルと一緒《いっしょ》に移動すると、会長が他の従業員にワンピースを運ばせていた。

どうやらあれを着てお客さんの前に立つらしい。

清楚《せいそ》な見た目が好きなお客さんなのかも。

貴族のお客さんではないようだ。

伴侶《はんりょ》代わりに異性の奴隷を買う事もあるので、それかもしれない。

控室《ひかえしつ》で他の子たちと一緒に渡《わた》されたワンピースへ着替《きが》えて、頭にアクセサリをつける。ワンポイントだ。

服装自体は簡素だが、素材を見せるということなのだろうか。

それに少し丈《たけ》が短い気がする。やはり相手は男の人かな？

ノエルがくるりと回ると、スカートの部分がふわりと浮かぶ。

それを追うように長い亜麻色の髪がなびいた。

やはり少し短い。わざとなのは予想できる。

「似合う？」

「うん。似合ってるよ」

こうして着飾《きかざ》れるだけ、奴隷の待遇《たいぐう》としてはいいと思う。

私たちのためではないのは分かってはいるけど。

奇麗《きれい》になるのは年頃《としごろ》の少女の楽しみなのだ。

少しの間ノエルと喋《しゃべ》っていると、早速《さっそく》部屋に入れと指示されたのでなるべくお淑《しと》やかに部屋に入る。

まだ中には誰《だれ》もいない。

八つの席がある。呼ばれた子たちも私を含《ふく》めて八人だから座って待っていろという事かな。

そう思っていたら、やはりそうだったらしい。

椅子に座り、お客さんが来るまで待機する。

揃《そろ》えたように全員同じポーズだ。

これは訓練の賜物《たまもの》といえる。

深呼吸して待つ。

少しだけドキドキする。

ノエルの方を見ると目が合ってお互《たが》い苦笑《くしょう》した。

普通の奴隷とは購買層《こうばいそう》が違うので、あまり変な人に買われる事はないとは分かっている。会長は買う客は選んでいると聞いた事があるけど、実際は分からない。

しかし買われたら、自由はない。尽くすために頑張《がんば》らないといけない。

それに気に入られないといけない、高いお金を払《はら》ってこれかと思われたらまずい。

待遇に大きく影響《えいきょう》するだろう。

そんな考えが顔に出ないようにしつつ、じっと待っているとドアが開いた。

談笑しながら部屋に入ってきたのは会長と一人の青年だった。

青年は隙《すき》がない。そして歩き方が堂にいっている。

歳は私たちよりは年上のようだけど、ここに来るにしてはかなり若い。

とても高級奴隷を買えるような年齢《ねんれい》には見えないけど、その眼光は鋭《するど》かった。

身なりからすると貴族の息子《むすこ》には見えない。

商会の跡取《あとと》りにしては剣呑《けんのん》すぎる。

人を見る選別眼も鍛《きた》えられているのだが、知っているパターンのどれとも違う気がする。

もしかして傭兵《ようへい》とか？

……もし傭兵に買われると、とても大変だと聞いている。

傭兵は団を作って集団で生活するという。

日常の事に加えて、夜の奉仕《ほうし》も沢山《たくさん》の相手をしなければいけない。

青年は私たちに買う価値があるのかどうかを観察している。

その威圧《いあつ》感に思わず唾《つば》を飲む。

しかし教育のお陰《かげ》か身じろぎせず、姿勢は崩《くず》さずに済む。

こっちも堂々としなければ。

紹介《しょうかい》の段になり、私たちは一糸乱れぬようにして同時に立ち上がる。

これには相手の青年は少しだけ驚《おどろ》いたようだ。

少しだけ場の空気の主導権がこちらに傾《かたむ》く。

相手が誰であろうと、私たちは商品だ。買ってもらえるようにアピールしなければ段々と条件が悪くなる一方になってしまう。

会長が出迎《でむか》えるほどの客だ。

とはいえ、できることは自分のベストを尽くすだけ。

それぞれ自分の名前と得意な事を伝える。

やがて私の番がくる。緊張《きんちょう》で喉《のど》が渇《かわ》き、唾を飲み込《こ》んで口を開いた。

思ったより声が出たことにホッとする。

なるべくハキハキと喋り、最後にスカートの端《はし》を摘《つま》みながら頭を下げた。

優雅《ゆうが》に。印象に残るように。

頭を上げると、青年と目が合う。

会心の笑顔《えがお》で応《こた》えることができた。

女性に慣れていない男ならこれで照れさせるくらいはできると思うけど、青年の反応はそれほど芳《かんば》しくない。

ちょっとショックだ。

私は顔はいいと思うのだけど。

順番的には最後になったノエルもきちんと済ませる。

ここでミスをするような娘《むすめ》たちはそもそも呼ばれないか。

能力的には一定の水準は超《こ》えている自信はあるが、差別化できるほどではない。

選ばれるかどうかは自分で決めることができないので、後は黙《だま》って見守るしかない。

やるべきことはやった。

あとは会長と青年の話次第《しだい》。

会長と青年の話を聞くと、どうやら高名な冒険者《ぼうけんしゃ》という事が分かってきた。

傭兵ではなくてホッとする。

高級奴隷を買いに来るという事は相当成功しているということだ。

冒険者というと粗野《そや》なイメージがあるが、青年は話し方や所作からはそんな感じは一切《いっさい》しない。

なんでも新しく購入した家の管理を任せる奴隷を探しているとのことで、確かにそれならば高級奴隷は適任だ。

普通の奴隷でもできないことはないが、高級奴隷として教育された私達ならば完璧《かんぺき》にこなす自信がある。

料理に掃除《そうじ》に洗濯《せんたく》に。

教養も一通り。暇な時の話し相手もできるように。

煩《わずら》わしくない恋人《こいびと》の代わりもできる。

この青年もそういうのを求めているかは分からないけれど。

二人の話から、青年は天騎士《きし》と呼ばれているのが分かった。

聞いた事がある。

帝国《ていこく》で最も有名な冒険者パーティーの前衛の二つ名だったはず。

確かにそれほどの人物なら、会長が直々《じきじき》に出迎えるのも納得《なっとく》だ。

なんでも皇女殿下《でんか》とも繋《つな》がりがあると聞いている。

アハバイン・オルブスト。

私の主人になるかもしれない人物。

少しだけ緊張が増す。

どうやら誰を買うか決まったらしい。

会長が次々と他の皆《みな》を退出させ、やがてノエルと私だけが残った。

つまり、私とノエルが買われたという事だ。

頭を下げて新しい主人に礼を尽くす。

（二人も買うんだ。凄《すご》い財力）

高級奴隷は高い。気軽に買えるような値段ではない、はずだ。

更にその場で金貨に支払われたのにも驚いた。

隣《となり》のノエルも驚いている。

相当な額を、それもぽんと出す財力。

会長の顔もいつもより嬉《うれ》しそうだった。

それはそうだろう。値段故《ゆえ》に高級奴隷は買われない日も多い。

それが一度で二人も売れたのなら、嬉しいに決まっている。

このまま付いていくのかなと思っていたら、そうじゃなかった。

なんでも主人側の家の都合でこの場で連れ帰られるわけではなく、一〇日後に迎《むか》えにくるとのこと。そういうケースもあるのか。

その間、私たちは家事について学ぶことになる。

特に魔道具《まどうぐ》の扱いができるようにとの事だ。

魔道具！　あれば楽ができると評判のアイテムだ。

家事は基本的に重労働なので何か一つでもあれば嬉しい。

火起こしと水汲《みずく》みは特に大変だ。

薪割《まきわ》りもできない事はないけど、手が荒《あ》れるのでできれば避《さ》けたい。

これから主人となる相手に、まずノエルから挨拶《あいさつ》した。

タイミングを計っていたら先を越《こ》されてしまった。ノエルは昔から空気を読むのが得意だった。

続けて私も精一杯《せいいっぱい》の笑顔で頭を下げる。

「期待している」

強い声で言われた。

それはお世辞ではなく、本心からだろう。

何故《なぜ》かそう思うことができた。

すると主人となるアハバインが手を差し出してきた。

私は両手で差しだされた手を包む。硬《かた》く分厚い。

熱も感じた。

戦士の手とはこういうものなのか。

頼《たよ》りになる男の人の手だった。

ノエルも同じことを思ったようだ。

気遣《きづか》うような優しい握手《あくしゅ》だったことが印象的だった。

最後に期日に迎えに来ると言われたので、同時に返事をすると、アハバインはふっと笑い会長と共に退室していった。

足音が聞こえなくなるまで私たちは頭を下げ続ける。

完全に音がしなくなると、ノエルが顔を上げた。

「買われちゃったね」

「うん。さっきの見た？　金貨の入った袋《ふくろ》が置かれた瞬間《しゅんかん》」

「見たよ。金貨の詰《つ》まった袋ってあんな音するんだ」

「悪い人じゃなさそう？　理性的な感じはしたよね」

言葉の中に気遣いを感じた。

それに、こちらを見通す目。

多分演技をしていることはバレていただろう。

「頑張って気に入られないとね。扱いに関《かか》わるだろうし……」

「ちゃんと仕事をすれば大丈夫《だいじょうぶ》そうだけど」

なんにせよ、一生懸命《いっしょうけんめい》やるだけ。

向こうは大金を払って買うのだから、相応《そうおう》の満足は欲《ほ》しがるはず。

もしも期待を下回れば、明るい未来はない。

高級奴隷であっても。

だからこそ、何をするべきかを自分で考える必要がある。

それからの日々は他の子とは違い、家の管理、維持《いじ》を中心に学ぶことがメインとなった。

買われた事を知った子たちは応援《おうえん》してくれる。

内心は分からないけれども、素直に受け取る。そのことが大事なのだから。

夜が大変だね、とからかってくる子もいた。

それも込みで買われるのだから、覚悟《かくご》はできている。

相手は一人でこっちは二人なのだから、まだマシだと思う。

そうなるとノエルと一緒にそうなるのだろうか。さすがにそれは恥《は》ずかしい。

特に学ぶのは魔道具の使い方や長く家が傷まないようにする方法。ハウスキーパーのプロになれるように。

冒険者が好む食事や装備の管理まで、徹底《てってい》して教えこまれた。

カーガン会長曰《いわ》く、主人の格は奴隷で決まる。

大したことがない奴隷だと主人が侮《あなど》られて、それは名前に傷がつく。

自分の振る舞《ま》い一つで影響が出てしまう。

だからこそ徹底して子供の頃から鍛えられてきた。

機会があれば、皇室の使用人として勤められるぐらいに。

何処《どこ》に出ても、すぐに活躍《かつやく》できるように。

そして日々を過ごし、ようやく約束の日が来たのだ。

朝からノエルと共に会長に連れられて移動する。

以前と同じ香水をつける。

服装はノエルと相談し、年相応のものにした。

部屋の中では新しい主人となるアハバイン様は出された飲み物を飲んでいた。

お茶を飲む姿からは作法を学んでいる事が窺《うかが》える。冒険者のイメージからは離れている気がしたけど、皇女殿下と親しいのならば当然かと納得する。

二人でスカートを摘み、挨拶をして顔を見る。

以前見た時より少し疲《つか》れが見えた。

だが、それでも変わらず強い覇気《はき》を感じる。

どうやらご主人様は私たちの教養について感心しているようだった。

教養を理解するにはそれこそ教養が必要だ。

冒険者は大変な職業だと思うけれど、どこで学んだのか気になった。

このまま私たちを連れ帰るとの事。アハバインという男が席を立つと同時に後ろに回る。

会長にお世話になったお礼を込めて頭を下げた。

するとこっそりとノエルと私にしっかりやれよと耳打ちする。

男の機嫌《きげん》は良かった。

理不尽《りふじん》な人物ではなさそうだが、まだ気性は分からない。

しっかり観察しなければ行き届いた奉仕はできない。

しばらく気の休まらない日々になりそうだ。

第三章　遠のく平穏

数日間、俺《おれ》は二人に家事を任せてひたすらだらけていた。

朝昼晩、寝《ね》ていたら飯が出てくる。

いやはや、これはダメになるなぁ。

沈《しず》むソファで俺は最新の娯楽《ごらく》小説を読みながらせっせと働く二人を見守る。

家の中は隅々《すみずみ》まで掃除《そうじ》が行き届いており、俺の好きな香が薄《う》っすら焚《た》かれている。

カップを口につけると、帝国《ていこく》名産の珈琲《コーヒー》が流れ込《こ》む。

カップが空になれば二人のどちらかが寄ってきてすぐに珈琲を入れ直し、お茶菓子《ちゃがし》が減っていれば補充《ほじゅう》してくれる。

……、このまま動かなくても生きていけるのでは？

読書用の眼鏡をはずし、大きく伸《の》びをする。

疲《つか》れは完全に抜《ぬ》けた。俺もそろそろ働くとするか。

手に持った娯楽小説を閉じる。続きは帰ってからにしよう。

俺の荷物は完璧《かんぺき》に整理されていて、俺が装備を着けるのを二人が手伝う。

殆《ほとん》ど時間がかからず準備が終わった。装備もすべて磨《みが》かれている。

二人が念入りに磨いてくれたのだろう。

「手際《てぎわ》がいいな。助かる」

「いえ、行ってらっしゃいませ。ご主人様」

さて、稼《かせ》ぐか。

しかし、今日はギルドに来るべきではなかった。

「天騎士《きし》様ぁ、ね。手伝ってよ、ね！　頼《たよ》れるのは君だけなんだ」

俺は足に縋《すが》りついてくるニアを心底嫌《いや》な顔で睨《にら》む。

しかしニアは俺のそんな視線を一顧《いっこ》だにせず、獣人《じゅうじん》の膂力《りょりょく》を発揮し俺の足にしがみつく。

「は、な、せ！」

「やだぁ！　放したら天騎士様逃《に》げるでしょ。分かってるんだからね！」

くそ、勘《かん》がいいじゃないか。

ギルドに入って、依頼《いらい》を物色し始めた俺を見つけるや否《いな》や、ニアが突撃《とつげき》してきて、わけの分からないことを喚《わめ》きながらしがみ付いてきたのだ。

引きはがそうとすると、こうして足に縋りついてくる。

根負けした俺は引きはがすのを諦《あきら》め、ニアの話を聞くことにした。

「天騎士様。話を聞いてくれるならその嫌そうな顔やめてくれないかなぁ」

「分かりたくないけど分かったよ」

ニアの話は、以前助けた侯爵令嬢《こうしゃくれいじょう》に関わることだった。

侯爵家に招かれたニアは、なんとか上手《うま》くいい関係を築けたそうだ。

令嬢からの信頼《しんらい》も得られて、援助《えんじょ》の申し出もあったそうなのだが……。

「いい話じゃないか」

「そうだよ、すっごくいい話だよ。でも問題はそこじゃなくて」

侯爵のラナケルド家の令嬢をさらった集団。

赤いフードを被《かぶ》った連中だ。

ラナケルド家は総力を挙げて連中を追い、ニアたちのパーティーもそれを手伝っていたらしい。

幾《いく》つかの拠点《きょてん》を潰《つぶ》した後に、遂《つい》に本拠を探《さぐ》り当てた。

そしてそのまま襲撃《しゅうげき》したまでは良かったのだが……。

「逃がした？　お前らがいて？」

「一人厄介《やっかい》な奴《やつ》がいてね。それでそいつ等《ら》が逃げ込んだ先が大教会なんだよ。今うちのメンバーと侯爵軍が包囲してるんだけど」

大教会。帝国の中で一番大きな教会で、帝都《ていと》の外れにある。

しかし帝国から独立した組織であり、日々神の教えを説いているはずだが……。

「赤いフード集団が教会を占拠《せんきょ》したのか？」

「どうやらそうでもなくて……教会に踏《ふ》み込むのって結構問題になるんだけど侯爵様もカンカンで。皇帝《こうてい》陛下にも直訴《じきそ》するっぽくて。それで天騎士様」

「嫌な予感しかしないんだが」

「天騎士様、枢機《すうき》卿《きょう》と仲がいいよね？　踏み込む許可を貰《もら》ってほしいんだ。なる早で」

無茶苦茶言いやがる。しかしこのままだと侯爵軍が教会に踏み込んでしまう。

侯爵ならその意味も分かるだろうが、娘《むすめ》を誘拐《ゆうかい》した連中が逃げ込んだ先というのはまた……。

借りを作りたくない相手だが、やむを得まい。

俺は話をつけるまで侯爵を抑《おさ》えるようにニアに指示し、帝国の教会を統括《とうかつ》する人物に会いにいくことにした。

枢機卿にしてアークビショップであるケラーの元へ。


俺は神の存在をもはや疑ってはいないが、だからといって信仰《しんこう》している訳ではない。むしろ迷惑《めいわく》を被《こうむ》った側だ。

そんな俺が帝国内の教会統括者であるケラー枢機卿と縁《えん》があるのは、あの蒼《あお》の日が原因だ。

信仰の行き過ぎた神父が神の証明をしようとして、様々な条件と不運が重なり天使の召喚《しょうかん》が起きてしまった。

召喚された天使はその巨大《きょだい》すぎる力の重さで世界を歪《ゆが》め、世界が蒼く染まった。

眠《ねむ》った状態でそれだ。駆《か》け付けてきた帝国軍が排除《はいじょ》を試み、目を覚ました後は悪夢としか言いようがなかった。

天界より無理やり呼び出された天使は当然怒《いか》り狂《くる》い、帝国軍は壊滅《かいめつ》的被害《ひがい》を受けた。

皇女様は親衛隊の守りがあってもなお死にかけた。

三日間天使の侵食《しんしょく》は続き、帝国の空が夜でも蒼く染まり、その非現実的な光景は美しさより不気味さが際立《きわだ》っていた。

当時の俺は火剣《ひけん》をようやく手に入れ上級冒険者《ぼうけんしゃ》に手が届いた辺りだった。

幸いというべきか、二度と手に入らない切り札を持っていた俺は観念してそれを使うことに決め……今に至る。

結果的に天使は封印《ふういん》され、実行者は召喚の巻き添《ぞ》えで真っ先に死んでいた。

俺は蒼の日の立役者として枢機卿のケラーと対面することになり、縁ができたというわけだ。

本来なら枢機卿とすぐ会うのは不可能だが、天剣を持つ俺は特例だった。

帝都の中心部に建てられたやや小さな教会の応接室で俺は枢機卿を待つが、複雑な心境だった。

ニアは可愛《かわい》い後輩《こうはい》だからか、つい甘《あま》くなる。

だからあまり会いたくなかったケラーに会うためこうして待っているわけだが、やはり気は乗らない。

するとドアが開き、一人の妙齢《みようれい》の女性がティーセットを持ちながら入ってきた。

「お久しぶりね。天騎士卿《きよう》」

「俺は教会騎士を辞退したはずだが」

「ふふ。その剣を持つ限り諦めてくださる？」

「ケラー枢機卿。急ぎの話なんだ」

入ってきた女性はケラー枢機卿その人だった。

衣装《いしよう》は相変わらずだ。

赤いシスター服だが、スリットは深く胸元《むなもと》も晒《さら》しており、スカートは後ろが足首まで長く、しか

し何故《なぜ》か前が短くストッキングでその美しい脚《あし》を隠《かく》している。

衣装はところどころに装飾《そうしょく》が施《ほどこ》され、見た目の派手さの割に枢機卿としての威厳《いげん》も持ち合わせていた。

それにしても、とても聖職者とは思えない。

ケラー個人が美人だから尚更《なおさら》目立つ。

もっともこの若さで枢機卿になった人物だ。

中身はとんだ食わせ者である。

危《あや》うく教会騎士に叙勲《じょくん》されそうになった事もあったので、用事がなければ極力会いたくはなかった。

　ケラー自ら紅茶を用意する。

手慣れた手つきだった。

豊潤《ほうじゅん》な香りが部屋に満ちる。

「大教会の件でしょう？　あそこは蒼の日以来放置され、最低限の管理だけを行っておりました……。それを悪用されたみたいですね」

「耳が早いな。使ってないなら話が早い。踏み込んでもいいな？」

　俺の前にソーサーと紅茶の注がれたカップを置き、砂糖とミルク、そしてカットされた檸檬《れもん》を配《はい》膳《ぜん》する。俺は砂糖だけ入れた。

「そうは言っておりません。教会に諸侯《しょこう》の軍が押《お》し入るなんて許可できませんよ」

「中に入ったのは生贄《いけにえ》を求めるような邪教《じゃきょう》だ。そんな連中が入る方がまずいだろう？」

ケラーは紅茶にミルクを混ぜる。琥珀色《こはくいろ》の液体に乳白色が混ざり、白く濁《にご》る。

それを上品に口へ運び、カップを皿に戻《もど》した。

「あの蒼の日以来、邪教たちの活動は活発になっていきました。我々もそれを察知し、調べておりましたが彼等《かれら》がこれ程《ほど》表に出てきたことはありません」

「侯爵の娘に手を出したんだ。尻《しり》に火がつきもする」

「焦《あせ》ってはいるのでしょうが……天使の召喚が成されたのなら、悪魔《あくま》の召喚も可能と考えてもおかしくないでしょう。そして天使召喚の現場である大教会にワザと逃げ込んだ」

「何か目的があると？　しかし包囲されている。逃げられないさ」

「……ならばいいのですが。彼等は手段を選びません。大教会に逃げ延びた者も一部に過ぎないのです。天使様を封《ふう》じた剣を持つあなたも無関係ではないのですよ。決して気を抜かぬように」

「なに、はっきり敵として現れてくれるなら手間が省けるだけだ。あんたらの代わりに潰す。それだけじゃないか。なぁ？」

元より侯爵はやる気だ。これは追認《ついにん》するかどうかであり、やることは変わらない。

それはケラーにも分かっているのだろう。

「枢機卿として、天剣の所有者へ教会騎士の代行を命じます。神の敵を討《う》ちなさい」

「謹《つつし》んでお受けします。枢機卿猊下《げいか》」

これでニアと侯爵に貸し一つ。ケラーに借り一つ、といったところか。

ケラー枢機卿との話し合いを終え、俺は大教会へ向かっていた。

枢機卿からはロザリオと諸々《もろもろ》を記した羊皮紙を受け取っている。

帝都の外れにある大教会は、ここから歩いて半日かかる。街中ではさすがに雷剣《らいけん》は使えない。

鎧《よろい》はいらなかったな……重いし邪魔《じゃま》だ。

ペースを落とさず歩を進めていると、不意に人気《ひとけ》がなくなった。

不自然なほどに。

俺は即座《そくざ》に雷剣を抜いた。

たちまち赤いフードを被り、武装した集団に取り囲まれる。

「何者だ。名を名乗れ」

赤いフードの集団は一言も喋《しゃべ》らない。

各々《おのおの》が剣や短剣《たんけん》を装備し、殺意を向けてくる。

帝都での殺傷沙汰《ざた》はご法度《はっと》だろうに。侯爵といい、血の気が多いことで。

邪教のアサシンといったところか。

だが、何故俺を狙《ねら》う？

大教会ではコイツらの味方が今にも全滅《ぜんめつ》しそうだというのに。

まさか俺と枢機卿の会話を聞いていたのか？

教会騎士代行の俺を殺せば時間が稼げると？

舐《な》められたものだ……。

しかし、枢機卿のお膝元《ひざもと》で盗聴《とうちょう》されるとは。

あの女の場合、わざと見逃《みのが》した可能性もある。

あとで問い詰《つ》めなければ。

雷剣に魔力を込めた。

俺を狙う愚《おろ》かさを知るが良い。

邪教のアサシンたちは連係こそ洗練されたものであったが。しかし悲しいかな、俺を相手にするには武器も奴ら自身も貧弱《ひんじゃく》すぎた。そもそも雷剣対策がされていない。話にならん。

普通《ふつう》の冒険者相手なら十分な戦力だろうが、上級冒険者を侮《あなど》りすぎだろ。

雷剣で加速した俺についてこれないやつから始末していくと、半分になった時点で奴等が死体を連れて逃げ出した。

一人は生かして捕《つか》まえたかったが、今の俺は忙《いそが》しい。

また俺を狙ってくるかもしれないな。

あるいは……あいつら用に何か用意するか。

再び走り回っていると、人も建物も少なくなってきた。すると巨大な教会が見えてきた。周囲を軍隊が囲んでいる。

侯爵の旗が見える。侯爵軍は見るからに殺気立っていた。

旗の下には一際立派な鎧に身を包んだ壮年《そうねん》の男が、両手を組んで大教会を見据《みす》えている。

隣《となり》ではニアがなんとか侯爵に話しかけているが、完全に意気消沈《いきしょうちん》している。

普段《ふだん》は元気よく伸びている耳も垂れ下がっていた。

俺が近づくと何人かの騎士が阻《はば》もうとしてくる。

俺は教会から預かった十字架《じゅうじか》と枢機卿のサインが刻まれた羊皮紙を見せる。

侯爵はそれを受け取ると、隈《くま》なく確認した。

「来たか……手間を掛《か》けたな」

「お待たせしました侯爵様。教会は異端討伐《いたんとうばつ》を教会騎士代行の私に命じ、侯爵様はそれを援助したという形で」

「あい分かった。我が騎士たちよ。我が家名に泥《どろ》を塗《ぬ》った者たちにその代償《だいしょう》を教えてやれ！」

侯爵の声を皮切りに、騎士たちが大教会になだれ込む。

すぐに剣戟《けんげき》の音が響《ひび》き、やがて音が消える。

本気の騎士はおっかない。全身を鎧で武装した筋肉達磨《だるま》だ。絶対に戦いたくない。

一緒《いっしょ》に突《つ》っ込んでいった侯爵が、剣の血を拭《ぬぐ》いながら出てきた。

帝国の武闘《ぶとう》派筆頭は伊達《だて》ではない。

「感謝する。我が家名と娘の名誉《めいよ》はこれで守られた。一人生《い》け捕《ど》りを試みたが自殺しおった。背後まで調べたかったが……」

実行犯はこれで全滅だ。調べても恐《おそ》らく何も出てこないだろう。使い捨ての駒《こま》、か。

身なりから察すると俺を襲《おそ》った連中も繋《つな》がりがあるだろう。

教会の中は……凄惨《せいさん》な状況《じょうきょう》だった。

血が飛び散っているが、それ以外はここはあの時と変わっていない。また足を踏み入れることになるとはな。

天剣が震《ふる》える。因縁《いんねん》の場に反応しているのか。

俺は外に出て、大教会を見上げる。

修復された十字架が輝《かがや》いていた。

王国某所《ぼうしょ》。

元帥《げんすい》は頭を抱《かか》えていた。

「実行部隊が全滅か。あと少しで撤収《てつしゅう》できたのに」

「思いの外《ほか》、侯爵軍の動きが早く……それに加えて例の冒険者に送った刺客《しかく》が容易《たやす》く撃退《げきたい》されるとは」

「クッ、後手に回っておる。王女派は軍にも影響《えいきょう》を及《およ》ぼし始めているのだ。このままでは我々の不正にも言及《げんきゅう》し始めるぞ。何かないのか！」

「ございますとも」

焦った王国軍元帥の声に反応したのは、幽鬼《ゆうき》のような男だった。

「本当か？　動かせる駒はもうないぞ」

「いえいえ。私が直接動きましょう。生贄以外の準備は整っております」

「また誘拐か？　しかし適した生贄のあの娘をまた攫《さら》うのは難しいぞ」

「生贄ならもう一人いるではありませんか。偉大《いだい》なるロイヤルブラッド。かつ若い娘。王女殿下《でんか》に生贄になって頂きます」

「何を言っておる！　いかに対立しているとはいえ王族を生贄になど……、明るみに出れば死罪は免《まぬが》れんぞ」

「気にする必要はございません。いままでの御《ご》協力に感謝します」

幽鬼のような男はそう言うと、王国軍元帥の首を断《た》ち落とした。

「なっ⁉」

返す刀で隣の将軍を袈裟《けさ》斬りにする。

剣を抜く間もなく、将軍は息絶えた。

幽鬼のような男は黒い穴を生み出すと死体を投げ入れた。

「さて、予定はだいぶ狂いましたが始めましょうか」

返事をする者は誰《だれ》もいない。

男が部屋を後にすると、痕跡《こんせき》さえ消えた。

王女の行方《ゆくえ》不明の知らせが帝国に届いたのはその一〇日後だった。


侯爵家の騒動《そうどう》の後、細かな雑務をこなしながら、鍛冶屋《かじや》にアンオブタニウムの加工を依頼した。

希少すぎる金属故に加工できる鍛冶屋は限られたが、ここは大陸でも有数の都市である帝都。当然ながら帝室がそれができる鍛冶屋を抱え込んでいる。

帝室御用達《ごようたし》の鍛冶屋なら相応《そうおう》の加工技術があり、皇女様の推薦状《すいせんじょう》があれば俺も依頼できるというわけだ。

何を依頼したかまで皇女様の知るところになるのだが、仕方あるまい。

元々首輪のついた貰い物だ。知られても影響はない。

ついでに手に入れた三つの指輪を手の平で転がす。

同じ大きさの金剛《こんごう》石よりも高値が付く指輪だ。

さすがに懐《ふところ》が厳しい。依頼料とこの指輪でせっかく得た金も使ってしまった。

日常生活はともかく、大きな買い物はしばらく無理だ。

だが、今回の鍛冶屋への依頼は心情的に避《さ》けられないものだ。

依頼するのはたった一本のダガー。

しかしこの一本が俺の切り札になる。

かつて、天使との戦いで俺は為《な》すすべがなかった。

創生王の武器という、二度と手に入らない道具を使い捨てて、俺は天使に勝った。

俺はその事実を重く受け止めている。できないことをできないままにしておけば必ず足を掬《すく》われるからだ。

……最も出来上がっても試《ため》す相手がそもそも存在しない。

高くつくだけの使い道のない切り札だ。

だが、持っているだけで俺は安心する。

転がしていた指輪の一つを右手の人差し指に嵌《は》める。

「ノエル、アーネラ。来い。これをやる。常に指につけるように」

俺は二人に指輪を渡《わた》した。

二人は不思議そうな顔をして受け取った。

「ありがとうございます」

「これはセーフティリングだ。死に至るダメージを一度だけ肩代《かたが》わりしてくれる」

そして使い捨てだ。コストパフォーマンスは最悪だが、やはり一度とはいえ死を避けられるのは魅力《みりょく》的で常に高値で取り引きされている。

産出は決して多くないが、数個かき集めるくらいには流通している。

「魔道具……宜《よろ》しいのですか？」

「最近少しばかり周囲が騒《さわ》がしいからな。持っておけ」

「かしこまりました。指に嵌めておきます」

ノエルが左手の薬指に指輪をはめる。

アーネラは少し考えるが、結局ノエルと同じく左手の薬指に嵌めた。

実際、俺の身内を直接狙う人間はいないだろうが、帝都で襲撃されるとは思わなかった。少しは備えておいた方が安心だろう。

そう言えば、カスガルは俺の事を石橋を叩《たた》き壊《こわ》してやっぱりこの橋はダメだった、というタイプと評していた。

俺としては必要な備えをしているだけだった。

一方、魔導士だったカスガルは、何かにつけて雑だった。

天才肌《てんさいはだ》というか、魔術の詠唱《えいしょう》も気分で変わっていた。

まぁ金勘定《かんじょう》は嫁《よめ》がなんとかするだろう。

店の改装は着工していたから、そう遠くない日にあいつらの店も竣工《しゅんこう》するだろう。

祝いに花でも持っていってやるか。元仲間としてそれくらいはな。

余興でこいつらを踊《おど》らせるのもいい。

「ドレスを用意しておけよ」
「分かりました。ご主人様の隣でも恥《は》ずかしくない装《よそお》いを準備します」

ノエルもアーネラも少し幼いが見栄《みば》えはいい。

パーティーでのパートナーとしては申し分ないだろう。

未婚《みこん》の貴族令嬢除《よ》けにもなる。

俺ぐらいになると金欠の貴族辺りからアプローチが絶えない。

実際金はあるからなぁ。現金化していない資産も倉庫に貯《た》まっている。

一気に処分すると買い叩かれるだろうから倉庫から出す日が来るかは謎《なぞ》だ。

そう言えば、あのでかい戦斧《せんぷ》は竜人《りゅうじん》のキリアが買ってくれたから丁度良かった。

とりとめのない事が次々に頭に浮《う》かんでは消えていく。

しかしどうでもいい事に今答えを出しても、その時々でまた答えが変わってしまうから意味はない。

ソロだと旨《うま》みのある仕事がなかなか巡《めぐ》ってこないし、かといって戦士が新たなパーティーを探すのは意外と難しい。

ニアの誘《さそ》いを蹴《け》ったのもそうだが、パーティーのバランスが悪くなりがちだからだ。

後衛が増えるのと前衛が増えるのでは、後者の方がバランスが一気に崩《くず》れる。

ヒーラーや魔導士が一人増えるのは、稼ぎが悪くなるだけで済むが、前衛が一人増えると後衛の負担が大きくなってしまう。

格下のパーティーに入って引き上げてもいいが……格下は格下の理由がある。トラブルになる確率は高い。

ベルギオンのところは稼ぎ的に今と変わらないだろうし、結局ソロでうまく立ち回るしかなさそうだ。

ノエルとアーネラを仕込んでパーティーメンバーにするのも悪くはないのだが……。

実際奴隷《どれい》で組んでるパーティーもあった。奴隷だけのパーティーを作って上がりを回収する奴もいる。

砂糖を入れた紅茶を飲み干し、カップを置いたときにノックの音が来客をしらせる。

ノエルが扉《とびら》を開けると、そこには皇女のお付きでよく見るメイドが立っていた。

メイドはスカートの裾《すそ》を摘《つま》んで俺に礼をする。何でも火急の用件につき俺を城まで連れて行くとの事だった。

あの皇女様が有無《うむ》を言わさず来いというのは珍《めずら》しい。

嫌な予感がする。

皇女様からの依頼は常にハイリスクハイリターンだ。

俺は即座に準備を整えるとアーネラを伴《ともな》って城へ向かう。

アーネラを連れて行くのは、俺だけで行くのは少しばかり胃がしんどかったからだ。

最近心労が多いぞ全く。

アーネラは中々のポーカーフェイスだ。隣に置いておくだけで少しは俺も楽になる。

皇女様を訪ねて皇居に着くと、以前と同じ部屋に連れてこられた。

俺が席に座《すわ》り、アーネラは後ろに控《ひか》える。

ここまでは問題ない、だが……。

遅《おく》れて入ってきた皇女の後ろにはインペリアルナイト、それもナンバーが与《あた》えられた精鋭《せいえい》中の精鋭が二人控えていた。

序列二位と四位。

皇女の手札から考えて最も警戒《けいかい》の高い布陣《ふじん》だ。

ハッキリ言って人間を止《や》めてるような連中。

それに帝国の財を使った武装を惜《お》しみなく与えてある。

少なくとも俺と会うときに連れてきたことはない。

それだけの信用は勝ち得ていたはず。

序列二位と四位は皇女の後ろで待機して威圧感《いあつかん》を振《ふ》りまいている。

アーネラは完全に委縮してしまっているが、懸命《けんめい》にそれを顔に出さないようにしている。

足元が震えてしまっている。さすがに優秀《ゆうしゅう》だが、連れてきたのは悪かったかもしれない。

俺はといえば、意図して不機嫌《ふきげん》な顔でインペリアルナイトを眺《なが》めている。

この二人が皇女様の命令で襲い掛かってくる可能性がある以上は当然の態度だ。ということを眼光で示している。

実際に戦えば切り札を何枚か使ってくるだろう。方向性は違《ちが》うが俺に匹敵《ひってき》するはずだ。

俺とインペリアルナイトたちの間で剣呑《けんのん》な雰囲気《ふんいき》が生まれるのを、皇女は咳払《せきばら》い一つで止める。

「すまないな、天騎士。この二人を連れてきたのには事情がある。お前に対する信用は変わらない事は先に言っておく」

「左様で」

俺は居住まいを正し、視線を後ろの二人から外す。

「後ろの少女は従者か？」

「まぁ。そんなところです」

奴隷とは言いにくい。まぁ本当は知っていそうだが。

「口外せぬならいて構わん。今から話すことは決して外に漏《も》らすな」

厄介ごと。それもとびきりの内容のようだ。

竜《りゅう》の群れ討伐を依頼してきた時よりも、雰囲気が重い。

皇女は一枚の紙を俺に差し出した。

その紙には赤い髪《かみ》をした美しい女性の似顔絵が描《か》かれていた。

見覚えはないが、かなり気品のある装いだ。

「王国のラファ王女だ。私とラファ王女は歳《とし》も近く、王国と帝国が不仲でも交流を持っていた。慈《じ》愛《あい》の溢《あふ》れた人物でな、年に数度会う時はよく国の行く末について話したものだ」

皇女が懐《なつ》かしそうに目を細める。

かなり仲が良かったのだろう。この人のこんな表情は見たことがなかった。

王女と皇女。立場も近ければ歳も近い。

色々思うところもあるのだろう。

「近年王国は王が臥《ふ》せることも増え荒《あ》れていたが、ラファ王女が支持基盤《きばん》を固めて大分落ち着いてきていたのだ。それが派閥《はばつ》間の軋轢《あつれき》を生んだまでは知っていたのだが……」

皇女は用意された紅茶で喉《のど》を潤《うるお》す。

「ラファ王女の周辺は危険を感じ、警備を増やすなどの対策を取っていた。しかし、護衛は全滅し二日前に拉致《らち》された。同時に王国軍の一部がクーデターを決行し、王国内は今滅茶苦茶《めちゃくちゃ》になっている。我が国の密偵《みってい》が命がけでこの情報を持ち帰ってきたのだ」

うちの国に置き換《か》えて考えれば大事件だ。

だが仮に王女がクーデターした軍に囚《とら》われていたとしても、残った王国軍がクーデター軍を討伐するだろう。最悪王女の命が失われたとしても。

王族の命は国より軽いのだ。

王国にはまだ王族もいる。どちらが勝っても大きく荒れるだろうが。

帝国としては、勝った方が都合がいい方を支援《しえん》するだろう。

それで仕舞《しま》いの話で、しかしわざわざ俺を呼んだという事は……その内容は予想が付いた。

話を聞く限り王女は支持が大きい。皇女様とも交友がある。

帝国としてベストな結末は王女様が無事救出され王国の王権を継《つ》ぐ事。

「帝国軍が国境を越《こ》えてラファ王女を助けることは難しい。国境への軍の配備は今進めているが、そこから国境を越えるには理由が必要だ。だが、冒険者はその限りではない。冒険者に国境はない、とは冒険者ギルドの言葉だったな」

便利屋とも言える冒険者は、国境の行き来が比較的《ひかくてき》容易だった。

だから護衛任務等も旺盛《おうせい》なのだが……。

「王国へ行きラファ王女を助けてくれ」

それは皇女としての判断か、あるいは彼女《かのじょ》自身の願いなのか。

皇女は俺に頭を下げた。

インペリアルナイトの二人が僅《わず》かに動揺《どうよう》したのを俺は見逃さなかった。

冒険者に依頼することではない。冒険者に国境はないが基本的に国政に関《かか》わらない。

それも他国の王族を助ける依頼など、聞いたこともない。

それが分かっていて尚《なお》俺に依頼することを選んだのだ。

俺は頭を下げる皇女と後ろのインペリアルナイトを眺め考える。

アーネラは俺がどう返答するのか気になるのか、何度も俺の顔に視線を向けている。

この依頼は身軽でありながら軍に対抗《たいこう》できる戦力がある俺だからこそだ。

断るのは……無理だな。活動を続ける上でこれは避けられない。

しかし猛烈《もうれつ》に嫌な予感がする。

オークロードをけしかけようとした王国の将兵、侯爵令嬢を攫った赤いフードの連中に、監禁《かんきん》して引き渡そうとした元王国軍の副将、赤いフードの連中も王国と無関係とは思えない。

最近の出来事の多くは王国が関わっている。

そして今度は自国の王女を誘拐し軍の一部がクーデターときた。

支離滅裂《しりめつれつ》だ。この事件に黒幕がいるなら、そいつはまともな考えを持っていない。

その結果は絶対にロクなものじゃない。

かつて狂信《きょうしん》的な神父が神の実在を証明しようとして、大教会の信徒を道連れに天使を呼び出したように。

「……今から向かいます。努力はしますが、ラファ王女の命の保証はできません」

「感謝する。引き際は任せる」

依頼書に皇女と俺がサインすることで、依頼の契約《けいやく》が成立する。

まぁさすがにギルドは通せないな、これは。

俺はアーネラを連れて城を出た。

王女が拉致された場所は既《すで》に目星が付けられていた。

アーネラに口止めを念押しした後、俺はすぐに装備を整えて行動を開始した。ノエルは目を丸くしていた。

時間がない。俺は貴重な転移のスクロールを使い、王国国境へ飛んだ。

これ経費で落ちるかな。高いんだよな、これ。


貴重な転移スクロールを使い潰し、王国国境手前に降り立つ。

転移スクロールで国境を越えると大陸法に違反《いはん》する。罰則《ばっそく》はかなり重い。

王国は皇女様の言う通りなら大混乱の真っ只中《ただなか》で、それを追及《ついきゅう》される事はないだろうが不要なリスクはごめんだ。あまり目的地に近いところまで転移すると目立つ事もある。

国境を徒歩で越え、王女様が監禁されている候補地を目指す。

提示された候補地はおよそ四つ。全《すべ》てクーデターを起こした王国軍の拠点だ。

クーデターの中心は王国の元帥が掌握《しょうあく》する王国第二軍。

つまり今回の黒幕は王国軍元帥、ということか?

王国軍は本当に身内をなんとかしろ。

しかしこの情報、国家機密ばかりだ。

他国の軍事拠点や情報をよくここまで調べたものだ。いくら王女と仲が良くても仮想敵国であることには変わりないということか。

皇女様からの情報によれば、王国軍は三つの軍から成り立っている。

その中で第二軍は魔物討伐と国境を守る役目を主とし、最大の規模を誇《ほこ》っている。

第一軍、第三軍を合わせた数よりはやや少ない。

王女様が第二軍の手から離れれば第二軍は止まるだろうか、第一軍、第三軍と第二軍がぶつかれば……地獄《じごく》だな。

そもそもなぜクーデターを起こしたのか。王女様は人気が高いと聞いた。この状態ではクーデターを起こした側に正当性があるとはとても思えない。

しかしこの戦争を止めることが俺の役割ではない。

雷剣の力で高速移動しているうちに候補地の一つに到着《とうちゃく》した。

ここは国境を守る砦《とりで》の一つだ。

こんな所に王女様を押し込むだろうか。

……おかしい。兵士が一人もいない。

この砦自体がかなり重要な砦のはずで誰かはいるべきだ。

慌《あわ》ただしく砦を出たか、やや荒れた状態だった。
中を捜索《そうさく》するが、人の気配すらない。
探索《たんさく》魔法があれば便利なんだが。あるいはニアのように鼻が利《き》けばな。
それなりに情報があるとはいえ、改めてなかなか難しい依頼だと思った。
探索魔法を代行する道具もあるが、あまり使い勝手は良くない。
斥候《せっこう》に比べれば精度が低い。
……妙《みょう》だな。この状態事態がそもそも妙なのだが。
食堂と思《おぼ》しき場所で〝食事の途中《とちゅう》〟で人がいなくなった痕跡がある。
それも複数人だ。
これでは食事が腐《くさ》り病が流行する。後処理が大変なことになるだろう。
後々戻るはずの砦をそんな状態にしてまで、急ぐ必要はないはずだ。
それに武器庫も奇《き》妙《みょう》だ。
蜂起《ほうき》するならまずもって武器、矢玉を持っていく。
剣、槍《やり》が一本でも多く必要なのではないか。
しかし武器庫には武器も矢も弓も丸々残っていた。
これはまるで……砦の中の人間がいきなり消えてしまったかのようだ。
砦の中の空気が澱《よど》み、急におどろおどろしいものに思えてくる。
舌打ちをし、砦を後にした。
ここにはもう何もない。誰もいない。

王女がいるであろう候補地の三つを探索し四つ目の第二軍の拠点にやってきたが、中の様子は最初の砦と同じだった。

誰もいない。明らかに突然《とつぜん》いなくなったような跡《あと》が残され、武器もそのまま。

道中に警邏《けいら》の兵もいない。

第二軍そのものが消えてしまったかのようだ。

尋常《じんじょう》な状態ではないのは間違いないが、何が起きているのかは分からない。

四つ目の拠点もほぼ同じだったが、奥《おく》の部屋を捜索した時に一人だけ倒《たお》れていたのを発見する。

身なりからして女の魔導士だ。

ローブには第二軍の紋章《もんしょう》がある。軍の魔導士に違いない。

衰弱《すいじゃく》しきっているが息はある。

ポーションを飲ませてやると、青くなっていた顔色が少しだけ良くなる。

頬《ほお》を叩き、気つけをすると女魔導士は意識を取り戻した。

「うっ……」

女が痛そうに頭を押さえている。

「貴方《あなた》は誰？　助けてくれたのかしら」

「俺は冒険者だ。砦の様子が変だったから見に来たが……何があった」

「分からない……突然生気が吸われたの。私は咄嗟《とっさ》に防ごうとしたのだけど防ぎきれなくて。他の兵士たちは何の抵抗《ていこう》もできず……うっ」

女魔導士はそのとき目にした光景を思い出したのか突然苦しそうに吐《は》いた。

身をすくめて震えている。よほど恐ろしかったのだろう。

この分では恐らく拠点ごと生気を吸われたな。

死体がないのは生気を吸いつくした後の肉体も食われたということか。

そんな出来事があって生き残れたのは、只《ただ》の幸運だろうな。

実際死にかけていた。

魔導士が多少防げたという事は、魔術によってこれが引き起こされたと見ていいのか。

俺が砦に入って無事なのは既に事が終わった後だからだろう。

俺はもう一本ポーションを与えた。

「ありがとう。だいぶ楽になったわ。ああ、早くこの事を王都に知らせなければ。王様や王女様にこのような魔術が使われたら大変だわ」

おいおい、この女は第二軍の魔導士だろう。

事前に聞いた話と違いすぎる。何も知らないのか？

「そうだな。しばらく休んだ後に王都に戻るといい」

体力までは戻らなかったのだろう。女魔導士はすぐに王都へ行こうとしたが、気絶するように眠りに就《つ》いた。

野盗《やとう》の類がわざわざ砦に入ってくるとも思えないが、貴重な証人だ。放置して死なれては困る。

女魔導士をベッドに寝かせた後、俺は椅子《いす》に座り込む。

頭を抱えた。

滅茶苦茶な事が起きている。

第二軍が護衛を排除して王女を誘拐し、クーデターを起こしたのは間違いないだろう。

だからこそ皇女様は俺を王国に送り込んだのだ。

しかし恐らくそれは王都に居る者たちだけで実行され、待機していた第二軍は生気を吸いつくされ死体ごと消失した。

候補地に関してはガセをつかまされたのだろう。

第二軍が王都にいるだけの数ならば、第一軍及び第三軍と戦うことなど不可能だ。

矛盾《むじゅん》と謎。

吸われた生気は膨大《ぼうだい》な量のはず。

それを一体何に使うつもりだ？　そして肝心《かんじん》の王女様はどこにいる？

これだから人間相手は面倒極《めんどうきわ》まりないのだ。

魔物の方がよほど楽だ。

俺は女魔導士が目を覚ますのを待つことにした。


二時間ほどすると女魔導士が目を覚ました。

俺は女魔導士の王都行きに同行することにする。

一人では不安だったのだろう。女魔導士もすぐに了承《りょうしょう》した。

彼女の名前はミラというそうだ。

初期の目的はもはや達成できない。目星をつけた砦は王女が囚われているどころか、無人の壊滅状態だ。

おそらく情報を伝えた密偵に何かされたか、著《いちじる》しく状況が変化したか……。

とにかく情報が足りない。王都に行って何かしら情報を得なければ。

手ぶらで帰ることはできない。俺は使いに出された一冒険者ではなく、事態の解決を皇女から直接依頼された上級冒険者だ。

それが他国の王族救出だとしても。

もし既に王女が死んでいるなら、それを直接見届けておかねばならない。

生きているならどういう状況かを確認する。

本当に囚われているなら助けなければならない。

単純な武力による解決で済むとは思わなかったが、まさかこう複雑になるとは。

幸い砦には馬が残されていた。

生気吸収は人間だけが対象だったようだ。

ミラと俺で一頭ずつ。残りは厩舎《きゅうしゃ》から野に放してやる。

この砦から王都までは馬を飛ばしても本来二日はかかるそうだが、ミラの魔法で馬を強化するとかなりの距離《きょり》を稼ぐことができた。

代わりに俺の魔力回復ポーションを消費したが必要経費だろう。

これも皇女様に請求《せいきゅう》せねば……。

圧倒《あっとう》的速さで走る疲れ知らずの馬のおかげで夜になってしまったが、なんとか王都に到着する。

俺はともかくミラは第二軍に籍《せき》がある魔導士だ。

門番に掛け合えば、問題なく中に入れてもらえるだろう。

ところがいざ王都に入ろうとすると、門番がいない。

門も閉まってはいるが、閂《かんぬき》が抜かれており簡単に入ることができた。

門を一人で開けるには少しばかり疲れたが、ミラの補助があれば問題ない。

やはり仲間に魔導士がいてくれるのは助かる。カスガルの奴はどうしているのやら。

こうして王都に入ったが……入った瞬間《しゅんかん》、何か空気が変わったように感じた。

まるで粘《ねば》つくような、気持ちの悪い感覚。それだけではない。

「これは……生気が吸われてる。私が受けたものよりずっと弱いけれど、あまり長時間受けているとまずいわ」

そう言ってミラは自身と俺に魔力の防壁《ぼうへき》を張る。

防壁と言っても薄《うす》い膜《まく》のようなもので周りを覆《おお》っているだけだが、それだけで不快感が消えた。

まるで生き物の腹の中で守られている気分だった。

王都の中では人々が倒れている。

住人らしき人だけではなく、兵士も倒れてる。

息はあるようだが、眠ったように動かない。

第一軍から第三軍まで、全軍が同じような状態だ。

「これは結界ね……王都全体が覆われてるわ。結界は生気を吸収する。私の時よりその力が弱いのは範囲《はんい》が広いせいか」

「こんな事が可能な魔術があるのか？」

「ないとはいえないわね……一流の魔導士が何年も準備すれば可能だと思う。生気吸収の魔法自体は黒魔術を身に付けていれば使えるだろうし」

黒魔術。悪魔信奉《しんぽう》する連中がよく使う魔法体系だ。

なんでも吸収した生気を悪魔に捧《ささ》げ、復活させようなんて連中だ。

大分昔に王国の王族が生贄にされそうになったことがきっかけとなった、国を挙げての討伐で姿を消したと言われているが……。

冒険しているとたまに奴らのアジトらしき場所を見つけることがある。

儀式《ぎしき》と評して女を切り刻み、血と肉を捧げた跡が最高に胸糞《むなくそ》悪い。

黒魔術の魔導書はそういった場所で見かけることがあった。

これは連中の残滓《ざんさい》か、それとも最後の抵抗なのか。

「倒れている連中はどのくらい保《も》ちそうだ」

「吸われた量は多くないけど長くこの状態だったみたい。あまり長時間このままだと危険ね。後一日保たないわ」

「解除できるか？」

「私ひとりじゃ無理よ！　ああでも王都がこんな……」

「それじゃあポーションを分けてやるから他の魔導士を叩き起こせ」

「……分かったわ。貴方はどうするの」

「王宮を見てくる。同じ状態かもしれないが」

「結界の中心は王宮よ。危険だわ。解呪《かいじゅ》を待ってからの方が……」

「俺は冒険者だ。危険には慣れてるし、この様子では王族も同じ状態だろう。早く助けなければまずい」

ミラは思惟《しい》するが、王族の命が危険なのは彼女も分かっていた。

ミラは俺に補助魔法をかけた後に、預けたポーションを手に魔導士の兵舎に向かった。

この結界は相当なものだろうが、王国の魔導士たちが結集すれば十分破れるはずだ。

最悪俺が全力で天剣を使えば何とかなるが、その余力はなさそうだ。

さっきから凄《すさ》まじい悪寒《おかん》が襲ってくる。

その悪寒の原因は王宮だ。

この悪寒には覚えがある。

かつて一度だけ同じ感覚を味わった。

人類では決して勝てない存在と対峙《たいじ》した時、この恐ろしい感覚が俺を襲うのだ。

天使。或《ある》いはそれに相当する存在が王宮にいる。

間違いない。

天剣が魔力を送ってもいないのに、目覚めようとしている気配がそれを証明している。

天使ではないだろう。天使を召喚《しょうかん》したあの時とは状況が違う。この状態では天使は召喚できない。

だが、悪魔ならどうか。生気吸収により王都全体が生気を吸い上げられ、外周を守る砦の兵士は肉体ごと捧げられた。
この様子では、王族も悪魔信奉者《しんぽうしゃ》の手に落ちていることだろう。
悪魔召喚の準備なら整っている可能性はある。
すると俺の考えが正しいことを示すかのように、王宮の上の空間が割れた。
天使の時は蒼かった世界がこの世界を飲み込もうとした。
そして今度は紅《あか》い世界がこの世界を侵食し始めている。
最悪の災厄《さいやく》が、再びこの世界に顕《あらわ》れた。
ああ、まったくもって、最悪の日だ。

第四章　悪魔との遭遇

降臨する。

降臨する。降臨する。降臨する。

降臨してはいけないモノが降臨する。

おぞましい。天使と共に世界の敵となる侵略者《しんりゃくしゃ》だ。

世界を壊《こわ》す存在。人間の次元よりも上位に存在する人類の天敵。

まだ距離《きょり》があるというのに、ここからでも侵食される空間がはっきりと見える。

まるで雷《かみなり》の形をした赤いオーラが世界を侵食し、塗《ぬ》り替《か》えているようだ。

まだここからは悪魔の姿は見えない。だが、天剣《てんけん》から伝わる振動《しんどう》が強くなる。

間違《まちが》いなくいる。

皇女様からの依頼《いらい》で来たとはいえ、まさか悪魔と対峙《たいじ》することになるとは。

こうなってしまっては王女救出だけでは済まない。

天使も悪魔も降臨してしまえば放置できない。向こう側の領域が広がれば、力そのものが向こう側から供給されることになり、手が付けられなくなる。

雷剣《らいけん》の力で目的地の王宮へ加速する。

道中には倒《たお》れ伏《ふ》す人間しかいない。
結界に魔力も体力も吸われているのだろう。
そして未《いま》だに吸われている。このまま放置すれば死に至る。
だが、無視する。
悪魔だ。悪魔を何とかしなければどのみち死ぬ。国ごとだ。
焦燥《しょうそう》感が募《つの》る。
俺《おれ》の力は通用するのか？
切り札は本当に効果があるのか？
悪魔崇拝《すうはい》のクソ共が。馬鹿《ばか》な事をしやがって。
そのまま王宮の扉《とびら》を蹴破《けやぶ》り、中に侵入《しんにゅう》した。
中は……兵士や騎士《きし》たちが全滅《ぜんめつ》している。
召喚《しょうかん》元と近かったからか、吸われ具合も酷《ひど》かったようだ。
有事に気付いて来たはいいものの、魔術防御《ぼうぎょ》が間に合わなかったのだろう。
王国の魔術師連中が早く結界を解けたらいいのだが。
俺の魔法防御も少しずつ突破《とっぱ》されている。
僅《わず》かに吸われ始めているのが分かる。
王座の間への道は開いていた。
中は……なるほど、素晴《すば》らしい事になっていた。
王は首が飛び、大臣らしき連中は柱に磔《はりつけ》だ。

そして肝心《かんじん》の王女様は王座の間に縛《しば》り付けられている。

手首から血を流しているものの、息はあるようだ。

血は杯《さかずき》の中に集められている。

すでに大分弱っている。話通り赤い髪《かみ》をした美人だが、顔色は青い。

横にいる骸骨《がいこつ》のように細く不気味な男が、王座の奥《おく》を眺《なが》めている。

ここからでは表情が見えないが、何かをこらえているようだ。

まるで念願の光景を見て感極《かんきわ》まっているかのような。

俺は音を消して近づく。

雷剣に魔力を集中させる。

射程圏内《けんない》まであと少し……。

「感動的だとは思わないかね。帝国《ていこく》最強の冒険者《ぼうけんしゃ》」

バレたか。まぁ隠密《おんみつ》は専門じゃないしな。

「何がだ。俺にとっては悪夢にしか見えないが」

「ああ、そういえばアハバイン。君は天使降臨を目にした上で討伐《とうばつ》したんだったね」

「そうだ。だから違いはあれど、この光景は二度目だよ」

「運がいいのか悪いのか。いや、いいというべきだな。普通《ふつう》の人間が立ち会うことはありえない」

雷剣に手をかける。

「天使の討伐はどうやったのかね？　創世王に関《かか》わる道具だと踏《ふ》んでいるが、予備はあるのか？」

「どうだろうな」

「ふふ。構わない。私はこの光景が見たかった。それだけが悲願なのだ」

「迷惑《めいわく》な一族だ。黙《だま》って引っ込《こ》んでいればいいものを」

「それは無理というものだ。君も見れば理解できる。言っておくが、君が倒した天使は下位に属する者だと判明している。私が王国を捧《ささ》げて呼び出したのは……」

残念ながらその先は聞くことができなかった。

不気味な男の顔が消し飛んでしまったから。

盛大《せいだい》に血が噴出《ふんしゅつ》する。

俺はその隙《すき》に一気に走り、王女を抱《だ》きかかえて距離を取った。

不気味な男を殺したのは、いつの間にか男の隣《となり》にいた少女だ。

黒く長い髪。赤い目に二本の角。褐色の肌。

見た目はやや幼いが、黒い下着のようなものしか身に着けておらず、肌《はだ》が露出《ろしゅつ》している。

その肌には見たことのない文字が刻まれている。

悪魔だ。間違いない。少女の頭上には赤い空間の裂《さ》け目がある。

悪魔は血に塗れた右手の血を舐《な》めとると、不味《まず》そうに吐《は》きだした。

ざまあない。熱烈《ねつれつ》なラブコールも悪魔には気に入られなかったようだ。

悪魔がこっちを向く。

装備している清められたコインが一枚はじけ飛んだ。

見られただけで呪《のろ》い対策のコインが一枚吹《ふ》き飛ぶか——。

とんでもない相手だ。

視線だけで圧倒《あっとう》される。
これに比べれば竜《りゅう》ですら恐《おそ》れるに足りない。
だがここで戦うのはまずい。
王女が瀕死《ひんし》だ。ポーションを飲ませてはいるが、巻き添《ぞ》えで死ぬ。
なんとか距離を……。
怖《こわ》いほど整った顔の悪魔がゆっくり近づいてくる。
そういえば天使も随分《ずいぶん》整った顔をしていた。
全く、次元の違う生命体だというのになぜ人間に似ているのか。
これだけ好みの顔をしているのに可愛《かわい》げはまったくない。
悪魔が口を開く。
「魔王様？　魔王様はどこなの？」
可憐《かれん》な声だった。
道端《みちばた》で聞けば思わず足を止めてしまうような。
同時に天剣の反応がかつてないほど最大になる。
ようやく目を覚ましたか。
「お嬢《じょう》ちゃん。迷子かな」
「どこ、どこなの？　魔王様」
俺の話は聞いていないようだ。
こうしてみればただの少女だというのに、ああクソ。猛烈《もうれつ》な殺意が溢《あふ》れている。

俺の事は眼中になし、か。

同時に結界が砕《くだ》ける。

王国の魔導士たちか。でかした。

俺は一気に距離をとる。王宮から外に出ると結界が無くなり、代わりに赤い侵食がより広くなっていた。

結界を解除したミラたちがこっちに向かってくる。

王女を彼女《かのじょ》たちに預け、王都から出るように指示した。

王女が危篤《きとく》だからか、ごねることはなかった。

魔導士たちが去ると、俺を追ってきた悪魔が外に出てくる。

キョロキョロと周りを見ている。魔王様とやらは此処《ここ》にはいない。

「起きろ寝坊助《ねぼすけ》。お前の敵だろ」

天剣を解放し、封印《ふういん》していた天使の核《かく》を起動させた。

天剣。天使を倒した際に得た天使の核を組み込んだ唯一《ゆいいつ》無二《むに》の剣。

人間界にある聖剣《せいけん》魔剣《まけん》の中でも、間違いなく至高の剣。

普通の剣としても最高だが、この剣の真価は天使の核の起動にある。

そしてこれが俺が天騎士と呼ばれる所以《ゆえん》。

天使の核が起動すると剣に蓄《たくわ》えた魔力、そして俺の魔力と周囲の元素を基《もと》に天使が出現し、俺に加護を施《ほどこ》す。

天使自体は幻像《げんぞう》で戦えないが、その効果は莫大《ばくだい》で、全《すべ》ての能力が増加した上で天使の力を振《ふ》るえるようになる。

天使の力は本来の天使に比べれば大分弱いが、それでも十分すぎる。

ただ今回に限っては足りない予感がする。

天剣の起動が完了《かんりょう》する。俺の背後に天使が出現した。

俺が討伐した天使と同じ姿だ。

剣に蓄えられた魔力が消費され始めた。これが消費されれば俺の魔力を食い始める。

「眠《ねむ》いのだけど……」

「あれを見て同じセリフが言えるのか？」

前を向いた天使が悪魔を見て目を見開く。

「悪魔じゃない。しかも並の悪魔より強い。準魔王級。なんでこんなところにいるの？」

「知らん。色々あって降臨した」

「最悪ね」

「お前が言うな。人間からしたらどっちも同じだ」

「そうね。でも戦うの？　勝ち目があるとは思えないのだけど」

俺は天剣を握《にぎ》り直し、力を込める。

息を吸い、吐き出す。

「ここで倒す。領域が広がれば無条件で負けだ」

「一応聞くけど、私を倒したあれはまだある？」

「あんなもの二度と手に入るか」

「そう。まぁ今の私は君に使われる剣の一部だから力は貸すけど。頑張《がんば》れ」

天使の加護が俺を包む。

全能感に等しい力が全身を巡《めぐ》る。

人を超《こ》えし、力だ。

天使の加護に悪魔が反応した。

俺の事を見ているようで何も見ていなかった悪魔が、ハッキリと俺の目を見た。

……来る。

悪魔の姿が消えると同時に俺も動く。

悪魔の右手の爪《つめ》による斬撃《ざんげき》を剣で弾《はじ》き、剣の柄《つか》で悪魔の腹を全力で叩《たた》く。

悪魔を少し吹き飛ばしたが、手応《てごた》えはない。

見た目は少女のくせに……まるで鉄の塊《かたまり》を叩いたような感触《かんしょく》だ。

「天使の気配……でも弱い。人間しかいないのに不思議」

「なぁ、一応聞くんだが、帰ってくれないか？」

「呼んだのはお前たち。穴を開けるまで帰れない」

穴とは世界の浸食《しんしょく》のことか。

冗談《じょうだん》じゃない。大穴を開けられてたまるか。

悪魔がこっちを不思議そうに見る。

俺はその視線に突《つ》きの構えで応《こた》える。

全力で悪魔の喉《のど》を突くが、悪魔の手で止められた。

尋常《じんじょう》ではない力で剣を押《お》さえられる。

今の俺の力は一つ目の巨人《きょじん》族並みにあるはずなんだがなぁ！

天使の力で悪魔の手が僅かに燃える。

それを嫌《いや》がった悪魔は剣ごと俺を放《ほう》り投げた。

一瞬《いっしゅん》にして景色が流れる。

受け身を……ダメだ、悪魔が迫ってくる。

悪魔の拳《こぶし》を剣で受ける。

なるべく衝撃《しょうげき》は逃《に》がしたつもりだったが、腕《うで》が痺《しび》れる。

この剣でなければへし折れていただろう。

帝国最強と呼ばれてそれなりに強いという自負もあったんだが。

呆《あき》れるほどに強すぎる。

幸いなのは、もともとの力が強すぎるのか悪魔にはそういう習慣はないのか、技術が伴《ともな》わないことだ。

尋常ではない力で殴《なぐ》りかかってくる。

爪による斬撃《ざんげき》、拳による打撃《だげき》、蹴《け》り。

どれもこれも直撃すれば致命傷《ちめいしょう》を受ける威力《いりょく》だ。

しかし俺の技量と天使の加護により増した力は、その暴力を受け流すだけの領域にあった。

だが笑えてくる。

この力の差は。

生まれつきでこれだけの差があるのかよ。

悪魔の蹴りを受け流し、首を狙《ねら》って天剣を振りぬく。

剣は皮膚《ひふ》すら抜《ぬ》けず、まるで金属同士が衝突《しょうとつ》したような音が響《ひび》いた。

眼下の悪魔が俺を見る。

美しい美貌《びぼう》で無表情な分、凄《すご》みを感じるな。

いい女だ。

悪魔はそっと俺の腹に手を添《そ》え……まずい。

全力で後ろへ飛んだ。

その直後に黒い炎《ほのお》が俺を包もうとしたが、結界に阻《はば》まれる。

天使が咄嗟《とっさ》に張ったようだ。

助かったが、俺は剣の魔力を大きく失った。

「危なかったね。感謝するといいわ」

「何だ今のは」

「何って……悪魔の魔法だよ。君も私の魔法を受けたから知ってるでしょ。私たちと人間の魔法とは違うの。何もかも」

「直撃したらどうなった?」

「君は人間にしては色々規格外だし、私の加護と装備のおかげで即死《そくし》はしないかな。でも死なないだけね」

あの悪魔の魔法は直撃しただけで決着がつくらしい。

戦いが始まってから命の危機をずっと感じているぜ。

悪魔の世界に対する浸食はまだ大して進んでいない。

あれならまだ力は流入しないだろう。

「魔法を使わせれば少しは魔力を削《けず》れるよな」

「少しね。元々の器《うつわ》が大きいから、持久戦は君の方が不利なのは言うまでもないけど」

「ああ全くだな」

切り札はある。だがまだだ。今使っても勝てない。

「加護を引き上げるぞ」

「いいけど……魔力は平気？」

「まだ、な」

剣の魔力が半分を切っている。

今の段階では戦いにならない。

天使による加護が引き上げられる。

強制的に人間以上の力が身に宿る不快感。

さっきとは違い、明らかに体が許容していない。

鼻血を拭《ぬぐ》う。これくらいのリスクは安いものだ。

天使に続いて悪魔を倒したとなれば、俺の名は歴史に残るってもんだ。

やってやる。やってやるよ。

天使による加護がどれほどのものか、何度か試《ため》したことがある。

今まで天使の加護を使うときは負荷《ふか》が少なく、効率のいい最低限の加護ばかり使ってきたが、最大の加護は成体した竜種すら超える力だ。

当然ながら、加護の一部を体の保護に回してもそのダメージは計り知れない。

一度だけ限界まで挑戦《ちょうせん》したことがあるが、加護が切れた後は数日間はまともに動けなかった。

それから更《さら》に体を鍛《きた》えなおし、少しは改善しているはずだがあまり使いたくはなかった。

膨張《ぼうちょう》する力が所狭《ところせま》しと俺の中を暴れる感覚。

全能感に包まれていたさっきまでに比べて苦痛極まりない。

それだけの相手なのだ。そうしなければならない相手なのだ。

目の前の悪魔の少女は。

雷剣を抜く。

右手に天剣。左手に雷剣。今の俺の膂力《りょりょく》なら二《に》刀剣《とうけん》法の弱点は意味をなさない。

「魔力に注意して。この加護は長く保《も》たないよ。君も魔力も」

「黙って力を寄こし続けろ」

「はいはい。天使使いが荒《あら》いね」

それっきり天使の幻像は黙った。

俺は戦いに全神経を集中させる。

視線が……合わさる。

その瞬間、先に動いたのは俺だった。雷剣の力を加護にのせ加速する。

悪魔の背後を取り、そのまま両手の剣を背中へ斬《き》りつける。

硬《かた》いゴムのような感触とともに、俺の剣は悪魔の背を裂いた。

通じる。これなら戦いようもある。

悪魔は振り向かず、地面を大きく蹴った。

その威力は地面を陥没《かんぼつ》させ、俺の体勢も崩《くず》れる。

一瞬の事だった。即座《そくざ》に体勢を戻《もど》そうとするが、悪魔は振り向きながらその爪を俺に向ける。

俺は体勢を崩しながら後ろへ飛ぶが、爪が胸のプレートを掠《かす》る。

まるで柔《やわ》らかくなったバターをナイフで削るように、プレートがえぐれた。

これミスリル製なんだけどな。悪魔からすればミスリルもその辺の石も変わらない、か。

剣を振り払《はら》い、血を払う。

この血だけでどれだけの価値があるだろうか。

再び構える。両手の剣で突きの構え。

雷剣に魔力を流すことで全身が帯電する。

俺の魔力と天使の加護の力の圧力で周囲が歪《ゆが》む。

わずかに悪魔が眉《まゆ》を吊《つ》り上げる。

ようやく少しは意識してくれたようだな。

背中の羽を羽ばたかせ、空に上がろうとする。

「飛ばせるかよ！」

悪魔が宙を浮《う》く前に天剣と雷剣で悪魔の両肩《りょうかた》を突く。

音を超えた速さの突きが、悪魔の肉体の抵抗《ていこう》を超えて貫《つらぬ》く。

このまま両腕《りょううで》を！

全力で剣を上へ滑《すべ》らそうとしたが、微動《びどう》だにしない。

悪魔がその筋力で剣を止めているのだ。

悪魔はそのまま再び羽ばたいて空に浮く。

剣を刺《さ》した俺ごとだ。

瞬《またた》く間に地上が遠くなる。

浮遊《ふゆう》の魔法は一応使えるが、この高さではいくら天使の加護があるといっても、あまりに危険すぎる。

悪魔と見つめ合う格好《かっこう》になった。

また一枚呪い対策のコインが砕け散る。

「奇麗《きれい》な面《つら》してるよなお前。名前はあるのか？」

「不思議な人間。天使を従えてるの？　どうしてこれほど抗《あらが》える？　いいよ。教えてあげる」

悪魔が初めて微笑《ほほえ》んだ。魅了《みりょう》の魔法に匹敵《ひってき》する美しさだ。

「私は魔王様に仕える将の一人。敵意と憎悪《ぞうお》を司《つかさど》る悪魔。マステマ」

「大物ではないですか⁉」

天使が驚《おどろ》く。

俺は悪魔の名前など知らないが、天使には随分と大層な存在のようだ。

「良かったね、人間。地獄《じごく》なら目が合うだけで殺せたよ」

「おいおい、随分と粋《いき》がるじゃないかマステマ。生憎《あいにく》ここは地獄じゃない。本来の力が出せなくて不満なんだろうが――」

最後まで言い終わる前に、マステマが突き刺さった剣を引き抜く。

受けた傷はすぐに再生が始まり、痛々しい傷痕《きずあと》が見る見る消えてしまった。

剣は握りしめたままだ。

加護を増しても力では負ける。

雷剣に魔力を流して雷を食らわせてみたが、表皮に弾かれた。

「魔王様がこんなところにいるわけない。私を呼び出した責任は取ってもらう」

「お前を呼び出した奴《やつ》は真っ先に頭を潰《つぶ》したじゃないか」

「あんなのだけじゃ足りない。地獄に戻るだけの魔力が必要」

「ずいぶんと饒舌《じょうぜつ》になったな」

「敬意を示してあげてる。弱い弱い人間がよくここまで頑張ったね」

マステマは両手に剣を握ったまま上へ振り上げ、そのまま下を見る。

「おい、やめ」

そして、その馬鹿みたいな力で俺を空から地面へ向けて投げ捨てた。

ろくに呼吸できない速さで地面に落ちる。

浮遊の魔法は落ちる速度が速すぎて打ち消される。

遠かったはずの地面が瞬く間に近づき、俺は止む無く指輪を一つ取り出した。

大気をつんざく衝撃音と共に、落下地点にクレーターが生まれる。

全身骨折か、いや加護込みでもこれは死んでいたな。

俺は取りだした指輪を見る。

死に至るダメージを一度だけ肩代わりできる魔道具だ。

セーフティリング。魔法には効果がないし、一度使うと魔力を補充《ほじゅう》するまで使えない代物《しろもの》だが、なんとか助かった。

これ一個で家が建つ代物だ。

ノエルとアーネラにももたせてあるがな。

俺を追うようにしてマステマが降りてくる。

無傷の俺に少し驚いているようだ。

「おい天使、魔力はどうだ」

「向こうは一割減ったかな。こっちはもう半分もないよ」

「そうか」

先は長いようだな。

「面白《おもしろ》いね。もう少しだけ遊ぼうか」

マステマが大きく息を吸う。

これは竜殺しの時に散々見た……ブレス攻撃《こうげき》か！

俺はとっさにマントを展開する。

黒い炎がマステマの口から吐き出された。

黒い炎は見るからに邪気《じゃき》にまみれており、人間が浴びればいろんな意味で助からない。

俺はマントで身を包むと、その能力を発動させる。

黒い炎がマントに接触《せっしょく》する瞬間、マントだけを残し俺は少し離《はな》れた建物の上へ転移した。

一瞬でマントが燃やし尽《つ》くされ、地面には呪いが蔓延《はびこ》る。

……住民がいたら酷いことになっていたな。

王国の魔導士たちは俺が戦っている間に上手《うま》く連れ出したようだ。

あのマントも竜のブレスに耐《た》えられる代物だったんだが。

使い捨てるには惜《お》しい魔道具ではある……。

手持ちの魔道具を浪費《ろうひ》してなんとか持たせているようなものだ。

マステマは俺がいないことに気付き、俺のいる場所へ振り向く。

そして地面を蹴ってこっちに向かってきた。

わずかな時間も稼《かせ》げないか。

蹴られた地面がえぐれて土煙《つちけむり》が上がる。

まさに移動する災害だ。

俺は雷剣を納め、懐《ふところ》から投擲《とうてき》用の短剣を取り出して投げる。

マステマは避《よ》けもしない。

当たった瞬間に嵌《は》め込んだ魔石が反応して、大きな爆発《ばくはつ》が起きる。

俺は立て続けに何本も短剣を投げる。爆発が続けて起きるがマステマは意に介《かい》さない。
目に短剣が当たっても眼球が短剣を弾く。そのあまりにおかしな光景に笑いが出た。
かなりの威力があるはずなのだが、勢いを殺すことすらできない。
マステマが眼前に来る。大きく右腕を振りかぶった。
俺は天剣を両手で握り、それを受ける。
巨大《きょだい》な衝撃が全身を襲《おそ》う。
全力で踏ん張ったが、建物ごと地面へと押し込まれる。
地面に両足が付き、陥没する。
ゆっくりとマステマの右腕が俺に近づく。
剣が押し込まれる。
限界まで引きつけ、俺は力を抜いて仰《の》け反りマステマの右腕を躱《かわ》して首を斬る。
皮膚を裂き、肉に届く。
だが、そこまでだ。
例えるなら巨大な木を手斧《ておの》で折るような感覚。
どれだけ打ち付けようと、致命打には程遠《ほどとお》い。
「頑張るね。人間の名前を聞いてなかった。教えて？」
首を斬られた状態のまま、マステマは名前を聞いてきた。
「覚えておけ。アハバイン・オルブストだ」
「アハバイン。明日には忘れるかもしれないけど、覚えておくね。もういい？」

マステマが首に当たっている剣をそのまま握る。

焼けるような音がするが、今度は放さない。

そのまま黒い火が剣を通ってこっちに向かってくる。

俺は止《や》む無く天剣から手を放した。

天使の加護が解かれる。負荷が襲ってきた。

「ふふ。忌々《いまいま》しい天使の力もなくなっちゃったね」

マステマが剣を後ろに捨てる。

俺は動けない。

「下級悪魔なら、もしかしたら倒せたかも。凄いよ。アハバイン」

「そいつはどうも、お前も倒されてくれたら良かったのに」

「ダメ。いくら弱くなっても、人間なんかに負けてあげない。魔王様の所へ戻らないと」

空は赤が三割、青が七割といったところか。

あと数時間もすれば世界の浸食が進み穴が生まれるだろう。

そうすればマステマは向こうから力を吸い上げることができる。

魔力切れも起きなくなる。

軍隊だろうと、神獣《しんじゅう》だろうと等しく塵芥《ちりあくた》にされる。

その力でこの世界を滅《ほろ》ぼして、後は穴が大きくなるのを待つのだろう。

俺は目を閉じる。

「諦《あきら》めた？　仕方ないよ。そうだ、天使の剣で止《とど》めを刺してあげる」

マステマは放り投げた剣を拾いにいく。

俺はまだ目を閉じている。

少しでも体を休めなければ。

直《す》ぐにマステマが戻ってきた。

「そういえば、天使はどうやって倒したの？」

「なんだよ、聞きたいのか」

「私に傷をつけたのは天使の力であってあなたの力じゃない。どうやったの」

「……創世王の武器さ」

それを聞いた途端《とたん》、マステマの笑みが消えた。

当然だ。もしそれがここに残っていれば勝つのは俺だからな。

創世王。この世界を生み出した神。その神が残した武器はあらゆる次元を超える。

残念ながら、武器の中にある力を消費するため、一度だけの使い切りだ。

度重《たびかさ》なる偶然《ぐうぜん》の末に創世王の武器を手にしていた俺は、それを使うことで天使に勝利した。

「まだ残っていたんだね。もうないの？」

「あったら使ってる」

「そう。見てみたかったかな」

話は終わりだ、というかのように天剣を両手に持ち剣先を俺の腹に向ける。

「お疲《つか》れ様」

そしてマステマが天剣を持つ両手を下ろした。

天剣が鎧《よろい》を貫通《かんつう》し、腹へと刺さる。

激痛が襲う。どうやら心臓は逸《そ》れたようだが、このままなら長くは保《も》たない。

マステマが地面に縫《ぬ》い付けるように奥まで天剣を差し込む。

これで終わった、と言わんばかりにマステマが空を見上げる。

ようやく。ようやくマステマの意識が俺から逸れた。

強者故の油断。驕《おご》り。傲慢《ごうまん》。慢心《まんしん》。きっと、この美しい少女は負けたことなどないのだろう。魔王に次ぐ力で勝ち続けてきたのだろう。

俺は細心の注意を払い、一本のダガーを取り出す。

マステマが歩き出そうとする。

まだ射程圏内だ。

俺は腹に刺さったままの天剣を稼働《かどう》させ、ダガーを後ろからマステマへ刺す。

マステマは反応が一瞬だけ遅《おく》れ、回避《かいひ》できない。

あるいは大したことがないと思ったのか。

アンオブタニウムで作られたダガーは、今までにないほど深く刺さった。

ようやく、これで勝利の条件が整った。


アンオブタニウム。

この物質は希少で特殊《とくしゅ》だ。王族ですら僅かな量しか手に入らない。
この物質を知っているエルフ族は神秘の否定だと言っていた。
加工するのも難しいこの物質は、魔法に対して劇的な効果を発揮する。
そのためこれを手にした者は鎧や剣、あるいは盾《たて》などの武具に少量を混ぜて使う。
対魔法用のアイテムの完成だ。
こうした使われ方が一般《いっぱん》的だし、これ以外に使い道はないと考えられていた。
希少すぎてそれだけで使い終わる。
だが、俺はエルフ族の話を聞いてからずっと考えていることがあった。
天使と戦い、切り札を失っても生き残った時。俺はどうすれば次も勝てるか。
天使の核を手に入れて、天使の力を手にした。
だがそれだけでは勝てないのは分かっていた。
所詮《しょせん》借り物の力だし、同じ力で戦っても力尽きるのは俺の方が先だ。
新たな切り札が必要だった。
創世王の武具はどれだけ金を積んでも探しても手に入らなかった。
探しているのは俺だけじゃないし、そもそもこの世に残ってるかも分からない。
そこでアンオブタニウムに目を付けた。
神秘の否定。魔力に対して絶大な効果を発揮するこの鉱石。
それを混ぜ物なしで小さなダガーにする。
一度戦った時に天使の体の構造は魔力がほとんどないことは分かっていた。

天使の力を得れば、ダガーを突き刺すことができる。

そして今、上級悪魔であるマステマにアンオブタニウムのダガーが深々と刺さった。

「まだ生きて……こんなもの」

マステマがダガーを抜こうとするが、握った右手に力が入らない。

ダガーの刺さった場所から魔力が霧散《むさん》し放出される。

まるで底に穴が開いた容器のようだ。

貯《た》まった水が零《こぼ》れ落ちるように。

「何これ、何をしたの？」

「とっておきのお薬だよ」

俺は腹から天剣を抜く。

ハイ・ポーションの瓶《びん》を砕いて浴びた。

痛いなクソ。内臓が溢れそうになるのを手で押し止める。

ポーションの効果で回復する。

そんな俺を再び現れた天使があざ笑う。

「いい気味。そんなの用意してたのね」

「使う機会は来てほしくなかったけどな」

傷が癒《い》える。

魔力ポーションもありったけ飲むが、全快までは至らない。

マステマは膝《ひざ》をついている。

今まさに魔力が抜け落ちているが、それでも凄《すさ》まじい魔力を有している。

「人間はしぶといんだ。勉強になったな」

「……頭を潰しておけば良かった」

「そうだな。次があればそうしろ」

もっとも次はない。天剣をフル稼働させる。

最後の機会だ。出し惜しみはしない。

「舐めないで。私は強い」

マステマの声には初めて焦《あせ》りが生まれていた。

抜けていく魔力を必死に抑《おさ》え込んでいるようだが、それは完全じゃない。

「奇遇《きぐう》だなぁ。俺も強いんだよ」

雷剣を鞘《さや》に納めたまま稼働する。

帯電を帯びた剣身は俺に加速をもたらせる。

俺が先に動き、後に動いたマステマが俺より早く攻撃を仕掛《しか》けてきた。

身体能力だけで後手の先手とは相変わらず恐れ入る。

爪による斬撃を弾く。先ほどに比べて随分圧が弱い。

信じられないほど弱体化している。

何度か弾いた後に鍔迫《つばぜ》り合いの格好になる。

決して力では勝てなかったが、今では互角《ごかく》。……いや、徐々《じょじょ》に押し勝っている。

「こんな、の」

認めがたいのだろう。怒《いか》りの表情を見せたマステマは大きく息を吸った。

俺は右手を剣から放すと、全力でマステマの腹を殴りつける。

潰れたような音と共にマステマが吸った息を吐きだす。

僅かな黒い火が混じっているだけだ。

天使の力でそれを防ぐ。

押し切る前にマステマが後ろへ下がった。

腹を押さえて、呼吸も荒い。

「あの悪魔の魔力はもうないよ。同情してしまうのだけど」

「天使が悪魔に？　寝言《ねごと》は寝て言え」

「煩《うるさ》い……煩いうるさいうるさい！」

マステマが俺を睨《にら》む。

呪い対策のコインはまだ残っているが、弾けなかった。

「おやおや、おや。終わりだな」

「人間……アハバイン……、痛い。痛いよ」

ダガーからは血が滴《したた》り落ちている。

再生もできなくなっているようだ。

道端で出会ったなら助けてしまいそうなほど、マステマは弱り痛々しかった。

空の浸食は既《すで》に止まっている。

どうやら浸食の力も悪魔の力に比例するようだ。

「悪いな。お前が人類の敵じゃなければ助けてやっても良かったんだが」

「魔王様……会いたい。やだ。やだよ」

既に悪魔の威厳《いげん》などなかった。

そこにいるのは魔王に縋《すが》る少女だ。

俺は剣を構える。

残っている全ての魔力を乗せて、核がある悪魔の心臓へ突き刺す。

抵抗はなかった。

すんなりと剣は心臓へ辿《たど》り着き、心臓の中の核を貫通する。

マステマは涙《なみだ》を流しながら静かになった。

……終わったのだろうか？

以前天使を倒した時は核以外はすべて吹き飛んでしまい、どうやったら死ぬのかはよく分かっていない。

そもそも、悪魔に死はあるのだろうか。

天使は核だけになっても存在はしている。

ダガーが抜け落ちた。

しかしマステマは動かない。

空の浸食が消えていく。

終わったようだ……。

俺は天剣を解除する。

支えを失い、俺は後ろへと倒れ込んだ。

ああまったく、なんて日だ。

後味の悪さを感じながら俺は放心する。

すると突然《とつぜん》天使が何かを思い出したように手で口を押さえる。

「あ」

「なに？」

「上位悪魔の核は二つあるんだけど」

「は？」

ゆらり、とマステマが立ち上がった。気がつけば褐色だった肌が、いつの間にか陶器のように白く変化している。

まるで毒が抜けたかのようだ。

魔力は感じない。だが、生きている。

俺はもう本当に動けない。

「アハバイン。私帰れないんだけど」

「そうか」

浸食が再開される気配がない。

世界が再び崩壊《ほうかい》することはなさそうだ。

「……どうしよう」

「知らん」

「ねぇ、アハバイン」

猛烈に嫌な予感がする。だが動けない。何も聞きたくないが、耳もふさげない。

「責任取って」

「いやだ」

マステマは動けない俺に馬乗りになると、爪で俺の首を撫《な》でる。

「こんなにボロボロにされたのは初めて。ちょっと興味が出た。だから付いていくね」

「いらない」

「大丈夫《だいじょうぶ》、お礼はちゃんとするから。今後ともよろしく」

マステマの笑みは、まさに悪魔の笑みだった。

断るだけの力が残っていない……。

上級悪魔のマステマとの戦いは、文字通り死と隣《とな》り合わせで大変だったが、精神的にはその後の方が辛《つら》かったと言える。

マステマはしばらく俺の顔を眺めたり、動けない俺の脇腹《わきばら》をつついて遊んでいた。

俺が動けないからといって好き勝手しやがって。

今さらながら分かったが、マステマは精神年齢《ねんれい》が幼い。

見た目通りの年齢ではないと思うのだが……。

戦闘《せんとう》が終わったと判断した王国魔術師たちがこっちに来て、マステマを見るやいなや一触即発《いっしょくそくはつ》になり、俺は全身の痛みに耐えて横になりながら仲裁する羽目になった。

マステマは一応俺の言う事に従ってくれるようだが、元が悪魔だ。

忍耐《にんたい》なんてあってないようなもの。

杖《つえ》を向けられたら即座に反撃してしまう。

ミラと事前に顔合わせしていたからなんとか戦闘は防げた。

マステマの力は既にかなり回復しているので、戦いになれば王国魔術師たちの死体が増えるだけになってしまう。


何のために俺は命を張ったのか。

王女様は一命をとりとめたようで何より。

次に来たのは皇女様率いる帝国軍だった。

名目は混乱した王国の被害《ひがい》が拡大しないための介入《かいにゅう》だ。

そんなものは本心ではないことは分かりきっているが、王国は軍事面では死に体そのものだ。まともに残っているのは魔術師だけで、兵士の多くは昏睡《こんすい》しているし騎士たちは全滅状態だ。

外部を守っていた軍も殆《ほとん》どが消息不明であり、今王国は無防備そのものだった。

皇女様は秘薬を王女様に飲ませる。

王女様は出血が多く、酷く弱った状態だが、なんとか意識が戻り、帝国軍の駐留《ちゅうりゅう》を受け入れた。

国王は……既に死んでいたな。

仕事を終えた皇女様は序列の付いた騎士二人を連れて俺の元に来る。

「アハバイン、生きてる？」

「生きてますよ、皇女様」

「さすがね。それでこの子は？」

皇女様はマステマをまねくと飴《あめ》を渡《わた》した。

マステマが嬉《うれ》しそうに口の中で飴を転がす。

後ろの騎士二人はずっと冷や汗をかいている。

気持ちは分かるぞ。生きた心地《ここち》がしないよな。

「甘味《あまみ》を感じる。美味《おい》しい」

「そう。良かった。もっと要《い》る？」

「要る。お前は良い人間だね。殺さないでおく」

「ふふ、ありがとう」

皇女様も内心は恐怖《きょうふ》で一杯《いっぱい》だろうに、それを一切《いっさい》表に出さない。

大した胆力《たんりょく》だ。

護衛二人も相当に強いが、マステマが相手では皇女様を逃がす時間を稼げるかどうか。

「悪魔ですよ悪魔。俺が来た時にはもう遅《おそ》かったですね」

「そう。一体何があってこうなったのか凄く気になるけど……詳《くわ》しい事は後で聞いた方がよさそうね。私も忙《いそが》しいし」

「そうしてくださいよ。俺は今死にそうなんで」

皇女様はマステマが気に入ったのか、その髪を撫でる。

天使も悪魔も、ベースは人型だ。それも精巧《せいこう》に美しく作られた。

皇女様も大変美人であらせられるが、マステマはそれ以上に美しい。

あいかわらず動けない俺は結局マステマに引き摺《ず》られていくハメになった。

文句を言っても聞きやしない。

俺はベッドに放り込まれ、そのまま昏睡することになった。

起きたのは三日後だった。

マステマは近くで座りながら本を読んでいる。

……文字が読めるのか。

王国は復旧の真っ只中《ただなか》だ。

住民は昏睡していたし、マステマが暴れたせいで国は荒《あ》れはてていた。

動けるようになった住人から復旧作業に参加しているようだ。

復旧そのものは帝国軍が中心になって作業している。

俺はそれを横目に桶《おけ》を見つけて布を入れる。

水を魔法で貯めて体を拭《ふ》く事にした。

鎧にも肌着《はだぎ》にも血がこびり付いて鬱陶《うっとう》しい。

身体の痛みはまだ強い。苦労しながら脱《ぬ》いでいると、マステマが寄ってきて手伝ってくれた。

マステマの手が俺の肌を撫でる。

「こんな脆《もろ》い体でよく私に勝ったね」

「ありがとな。あとお前がおかしいんだよ」

偽《いつわ》らざる本音だ。体を構成している物質そのものが違うのだから当たり前の話ではある。

残していたポーションを身体に振りかける。

じくじくしていた傷の痛みが消えていく。

後は濡《ぬ》らした布で体を拭く。

こびり付いた血や汚《よご》れがなくなり、ようやく不快さが消える。

汚れた水を捨て、再び奇麗な水を入れて顔を洗う。

ようやく一息つけたな。

「その本はどうした？」

「サナリエがくれた」

「皇女様か。呼び捨てにできるのは、お前か皇帝《こうてい》くらいだよ」

「不思議な事を言うね。私からすれば人間は全部同じだよ。アハバインだけは特別」

「それはどうも」

「ほとんど読み終わった。もっと欲《ほ》しい」

「後で買ってやるから」

本はそれなりに値が張る嗜好品《しこうひん》だったが、それでこの悪魔が落ち着いてくれるなら安いものだ。

俺の収入からすればそう大したものではないしな。

というか悪魔管理費用として皇女様に請求《せいきゅう》してやろう。

こうなったのは完全にあの人のせいだ。

俺が今回得たものはこのマステマだけ。

代わりに大半の装備を失ってしまった。

鎧もダメ、マントもダメ。

雷剣は無理な使い方がたたって魔力回路が焼き付いている。

直るかなこれ。一番のお気に入りの武器なんだが。

天剣は強力だが常用には向かない。

火剣もあるから武器に困ることはないが……。

「対価の求めに応じるのは悪魔の決まりだから、アハバインが面倒《めんどう》を見てくれるなら働いて返すよ」

「頼《たよ》りにしてるよ……」


体がある程度回復したので、俺は早々に皇女様に挨拶《あいさつ》を済ませるとマステマを連れて王国を出た。

あのままい続けても仕方ない。というかマステマがいては王国側の人間の心情が最悪だ。なんせ王国を滅茶苦茶《めちゃくちゃ》にした原因だ。

悪いのはあの死んだ男だが、石でも投げられたら確実に死亡案件が生まれてしまう。

しばらくトラブルは御免《ごめん》だ。

「というかお前、その角とか羽はどうにかできないか」

「できる。そっちの方が好き？」

「そのままだと連れて歩けないからだ。別に部屋に押し込めてもいいが」

「それはやだ」

マステマが目をつむる。

すると角や羽、尻尾《しっぽ》が消えた。

見た目は長髪《ちょうはつ》の黒い髪をした美少女になった。

ただし服装が過激だ。

顔から伝わる清楚《せいそ》さとのギャップで色々とマズい。

憲兵が飛んできてしまう。

俺は予《あらかじ》め服屋から買っておいた青いワンピースを着せる。

「なに？　アハバインはこういうのが好きなんだ？」

「適当に選んだだけだ」

「そう」

マステマがワンピースの裾《すそ》を掴《つか》んでひらひらさせる。

はしたないので止めさせた。

黒い髪は珍《めずら》しいが、いないわけじゃない。これなら多少目立つ程度で済むだろう。

雷剣は今使えないし、マステマが全力で移動すれば目立つなんてものではない。

仕方なく正規ルートを使って帝国へ戻る。

馬車の帝国と王国の往復便は王国の騒動《そうどう》が明らかになるにつれてかなり混乱していたが、なんとか足は確保した。

マステマは俺の肩に頭を預けて寝ている。

元々のマステマは睡眠《すいみん》が不要だったが、核が一つ消えたら、この世界に馴染《なじ》むように体が変化してしまったらしい。世界への浸食が消えたのはそのせいだとかなんとか。

睡眠と食事ができるようになったと誇《ほこ》らしげに言っていたが、なくても別に困らないらしい。

説明されても分からねぇよ。

こうしてると、俺を簡単に殺せるような悪魔だとは思えない。

こいつ、地上にい続けるなら最強の一角なんだよな。

無限の寿命《じゅみょう》があるからゆっくり帰る術《すべ》を探すことにしたらしいが、面倒を掛《か》けられる分便利に使ってやろう。

俺は窓の外を眺めながら馬車の激しい振動に揺《ゆ》られる。

皇女様からの褒美《ほうび》は、そうだな……いや金でいい。余計なものを押し付けられても困る。

ちょっと立て続けにしんどい仕事をして最後にこれだ。

心身ともにひどく疲れた。

幸い家には家事をやってくれるノエルとアーネラがいるし、のんびり過ごせばいいだろう。

あの二人にこいつの事も説明しなければ。

部屋は余ってる。でかい家にしたから、書庫を作ってこいつを放り込んでおけば大人しくなるだろうか。

そして到着《とうちゃく》する。

数日かけてようやく我が家だ……。

あっちこっち行こうとするマステマを苦労して押さえてようやく着いた。

子供かこいつは。戦うか目をつむるかで過ごしていた地獄に比べ、この世界は楽しいらしい。

「この世界は楽しいって、お前この世界滅ぼして帰るって言ってただろ」

「そんな昔の事は忘れた。それより早く入れ。休みたいし、お腹《なか》減った」

この悪魔……。

見た目可愛くて俺より強いからって。勝ったのは俺だぞ。

「さっさと入れ」

「チッ」

どの道、入らないわけにもいかない。

俺は家の扉を開ける。

するとノエルが真っ先に飛んできた。

続いてアーネラ。

実によくできた二人だ。

そこまでしなくてもいいが、それを言っても困らせるだけだ。

「ご主人様、お帰りなさいませ。心配しました」

「ああ。帰ったぞ」

「あの、その人は？」

「こいつはマステマだ。なんというか……居《い》候《そうろう》だ。こいつの世話もしてやってくれ」

「はい、それはもちろん。お食事にされますか？　お風呂《ふろ》でしたらすぐ用意します」

「先に風呂を用意してくれ。疲れた」

アーネラはかしこまりました、と風呂場へ行った。

ノエルは着《き》替《が》えを取りに向かう。

「お風呂？　お湯に入るの？　人間は変わったことをするんだね」

「お前はどうしてたんだ」

「血で汚れたら、水を被《かぶ》ってた」

「これからはお前も風呂に入れよ。汚《きたな》い格好でこの家をうろつくな」

「ふぅん。いいけど」

仕方ないから入ってやるといわんばかりだ。

風呂の準備ができたので早速《さっそく》入る。

するとマステマまで付いてきた。

今更《いまさら》ガキの裸《はだか》なんぞどうでもいいのだが、ゆっくり風呂に入れないだろ。

仕方ないのでマステマを洗わせるためにアーネラも呼んだ。

アーネラは濡れても問題ない格好で、マステマの相手をしてくれる。

マステマはまだ蕾《つぼみ》といったところだがアーネラは夜の営みも込みで買ったから、それなりに成熟している。

少女と大人の女性の中間である奇跡《きせき》のような時間。

マステマを洗い終わったアーネラを呼び寄せて後ろから抱きしめる。

柔らかい体だ。

アーネラは恥《は》ずかしがりながら俺の顔を見上げる。

潤《うる》んだ瞳《ひとみ》が扇情《せんじょう》的だ。

もっともまだ体が痛むのでいたすのは無理だ。惜しい。

マステマが俺の背中に乗り上げる。

「やめろ。お湯が垂れてくる」

「アハバイン。お前も入れ。風呂はいいな」

「気にいってよかったな」

仕方なくアーネラを放してマステマと背中をくっつけたまま湯船に入る。

でかい湯舟《ゆぶね》だから問題ない。

アーネラもそのままでは冷えるので脱がして風呂に入れた。

疲れや体の痛みが湯に溶《と》けるようだ。

風呂から出てアーネラに体を拭かせる。マステマは濡れたまま外に出ていこうとしたので首根っこを掴む。

白く絹のような肌が水で濡れて輝《かがや》いている。

「放せー」

「体を拭けよお前……」

「私はお前じゃない」

「マステマ、体を拭け」

「私がやります」

俺を拭き終わったアーネラがさっとマステマの体を拭う。

結婚《けっこん》もしてないのに父親の気分を味わう羽目になるとは。

アーネラとノエルは問題ないが、マステマは注意しておかないと。

早いところ餌付《えづ》けしてしまおう。

第五章　悪魔と過ごす日々

大きな仕事が終わると、俺《おれ》はダラダラ過ごしていた。

体が癒《い》えるまではどうしようもないし、冒険者《ぼうけんしゃ》というものはその活動を続けるほどにひたすらすり減っていくものだ。

こういう時にかぎって依頼《いらい》を振《ふ》ってくる皇女様も今は大忙《おおいそが》しだ。

休めるときにゆっくり過ごしていかねばいつか擦《す》り切れてしまう。

こうしているとパーティーメンバーだった二人を思い出す。

あの二人は俺より先に擦り切れてしまったのだろう。

もちろん店を持つという夢もあったのだろうが。

そういえば二人の店は今どうなっているだろうか。

そんな事を考えながらノエルが用意した葡萄《ぶどう》を房《ふさ》から一粒《つぶ》ちぎって口に放《ほう》り込《こ》む。

俺は葡萄は皮から中身を吸い出してそのまま飲み込む派だ。

葡萄がうまいのは身と皮の間の果汁《かじゅう》だ。

マステマは房ごと入るだけ口に入れて食っている。

そのせいでマステマの口元が果汁で汚《よご》れていたのでハンカチで口元を拭《ぬぐ》う。

4月の新刊
毎月5日発売
DRAGON NOVELS
ドラゴンノベルス
B6判
波乱の運命を楽しむ冒険者、その名は〝天騎士〟アハバイン。
第8回カクヨムWeb小説コンテスト〈特別賞〉受賞作!
帝国最強のパーティー、突然の解散
可愛い従者を手に入れて人生を自由に旅することにした
著:HATI　イラスト:山椒魚
突然パーティーが解散したアハバインは、ソロ活動を余儀なくされる。しかし侯爵令嬢の救出を手始めに討伐依頼を次々こなし、二人の可愛い奴隷《メイド》を迎え入れ、仕事は順風満帆。そんな中、クーデターで捕らわれた王女奪還の依頼が舞い込むが、現場には美貌の悪魔が待ち受けていた!? 有能故《ゆえ》に舞い込む過酷な依頼を華麗《クール》にさばき、男《アハバイン》は新たな使命のため魔道列車で次なる地へ。運命を楽しむ《エンジョイする》最強男の冒険ファンタジー!
KADOKAWA
発行:株式会社KADOKAWA　企画・編集:ゲーム・企画書籍編集

乙女ゲームの悪役令嬢として破滅するはずのカサンドラは、光る板《ウィンドウ》と流れる未来《コメント》の予言に気付く。何故か自分の生活が現代の世界で２４時間配信されているようで——!?　運命をネタバレされた侯爵令嬢は、破滅の元凶になる王太子と距離を置いて、スパチャで現代の本を買って猛勉強。破滅イベントを未然に潰しておけば大丈夫！　と思ったら、有能になっていく彼女を王太子が放っておくわけもなく、さらには聖女《ゲームのヒロイン》まで近付いてきてしまい——!?

俺だけが魔法使い族の異世界2

遺された予言と魔法使いの弟子

著：ムサシノ・F・エナガ　イラスト：azuタロウ

最強にして唯一の魔法使いアルバスは、「資産」であるエルフ少女アルウのお守りとして王都へ赴く。そこには、アルウを含め「英雄の器」たちが集結しつつあった。予言によれば、彼らはかつてのアルバスが封じ込めたという禍と戦うことになるのだが——「うちの子の安全が最優先だ！」。必死に剣を振るい、英雄を目指すアルウを横目に、アルバスは先回りして脅威を滅ぼすことを画策する。ひねくれ魔法使いのへそ曲がり英雄譚第2弾！

ドラゴンノベルス5月の新刊

引っこ抜いたら異世界で2
著：平平祐　イラスト：日色

元貧乏エルフの錬金術調薬店2
著：滝川海老郎　イラスト：にもし

書籍の最新情報はこちらをチェック!!
ドラゴンノベルス公式HP
https://dragon-novels.jp

「御代《おか》わりー」

「どうぞ」

ノエルが次の皿を持ってくる。

本当に俺と死闘《しとう》を繰《く》り広げたあの美しい悪魔かこいつ。

「飯が食えなくなっても知らんぞ」

「大丈夫《だいじょうぶ》。食べれるから」

結局三回御代わりをしたマステマは、案の定腹を一杯《いっぱい》にし、昼食のオムライスをしばらく眺《なが》めるハメになった。

残すのは許さない。

マステマが眉間《みけん》にしわを寄せながらオムライスをつついているのを眺めていると、来客があった。

アーネラに指示し、応接室に招く。

噂《うわさ》をすれば本人が来るとは。

カスガル・ノアロード。

問答無用の帝国《ていこく》最強の元魔導士《まどうし》だ。

こいつがいればマステマの黒い炎《ほのお》を防ぐこともできただろう。

カスガルを向かいのソファーに座《すわ》らせ、俺も座る。

アーネラが紅茶と菓子《かし》を用意する。

紅茶を出すと、二人はソファに座る俺の後ろに立った。

なぜかマステマが真似《まね》をして俺の後ろに立つが、すぐに飽《あ》きて俺にぶら下がってきた。

そもそも何でいるんだ。真面目《まじめ》な話なら叩《たた》き出す。

話題をどう切り出したものか少し考えていると、カスガルが紅茶を一口含《ふく》み口の中を湿《しめ》らせ口火を切った。

「久しぶりだな。アハバイン。元気そうで何よりだ」

「お前もな……と言いたいが少し疲《つか》れてるな。店の事で何か問題でも」

「ああ。いや店そのものは順調なんだ。色々と知り合いも融通《ゆうずう》してくれてたし、そろそろ内装も完成する」

「じゃあなんだよ」

「大々的にオープニングセレモニーをやろうと思ってな。支援者《しえんしゃ》への礼もあるし、せっかくの開店記念だ」

「やればいいんじゃないか？　金はまだあるだろう」

「もちろんだ。だが中々信用できる従業員が見つからなくてな」

カスガルが持とうとしている店はレストランとホテルを兼《か》ねている。

高級志向ではないが、帝都《ていと》有数の立地に建てるだけに多少はそういう側面も出てしまう。

確かにそういう店の従業員を確保するのは難しいだろう。

軌道《きどう》に乗れば育てられるが、まずは一定の能力がある従業員が必要だ。

「それにそろそろ生まれそうなんだ」

「それはめでたいな。神官が生むなら危険も少ない」

「ああ。だがレナの母親は出産で亡《な》くなってるから、少しばかり彼女《かのじょ》もナーバスになっていてな。できるだけそばにいてやりたい。だから従業員が確保しきれてないんだ」

なるほどなるほど。

カスガルはリーダーとしても有能な男だったが、確かにこれは大変だろう。

「俺の都合でパーティーを解散した上で、こんな頼《たの》みごとをするのは筋が通らないのは分かっているが、どうか力を貸してくれないか」

「待て。その相談はいくらなんでも困るぞ。俺が何ができてどういう人間かはよく分かってるだろう」

カスガルは俺ではなくノエルとアーネラを見る。

「分かってる。だがさすがに知らないやつには頼みにくい。その二人は優秀《ゆうしゅう》なんだろう。佇《たたず》まいでよく教育されているのが分かる」

カスガルはマステマは眼中にないようだ。

「ああ、そういう事か」

「もちろん代価は払《はら》う。どうにか考えてくれないか」

確かにこの二人なら店の従業員とてこなせるだろう。

普段《ふだん》から俺の世話をしているが、一流の宿の従業員並みに気が利《き》くし仕事もできる。

貴族や金持ちが夜の相手も兼ねたメイドとして買っていくくらいだからな。

「お前らはもしやれと言ったらやれるか？」

「ご命令ならば」

「問題ありません」

「私もやる」

「お前は何をやるか分かっているのか？」

でしゃばるマステマの頭を押《お》さえる。

確かに頭はいいが、悪魔が給仕《きゅうじ》などできるのだろうか。

今のこいつにはプライドも何もなさそうだが。

悪魔が堕落《だらく》……笑えないな。

天使は天使でずっと眠《ねむ》っているし。

「そうだなぁ。俺もお前らの店は成功してほしいが……」

「頼む」

「分かったよ。面白《おもしろ》そうだから俺もまざるとしよう。警備員代わりにな」

「それは構わない。むしろ助かるよ。お前が目を光らせたら誰《だれ》も悪さはできない」

「それはお前の事だと思うがね。仮に暴漢が現れてもお前なら目で殺せるだろう」

「客が怖《こわ》がるじゃないか。俺は燃やすことしかできないんだ」

火加減なら任せろとよく言っていたな。だから料理も旨《うま》いんだが。

「あと、こいつも連れて行くから。マスコットだと思ってくれ」

「……悪魔か。そうはとても見えないが、大丈夫なんだよな」

「普段は力を抑《おさ》えさせてる。社会勉強もさせないとな」

「分かった。頼むぞ。詳《くわ》しい話なんだが……」

こうして俺たちはカスガルの店を手伝うことになった。

「どうですかご主人様？」

アーネラが俺の前で一回転する。

スカートが舞《ま》い上がり、健康的な太ももが露《あら》わになる。

それでいて下着が見えないように十分な丈《たけ》があり、いやらしさはない。

アーネラが着ているのは事前にカスガルから支給された給仕用の制服だった。

「いいんじゃないか。これがカスガルの店の制服か」

「結構可愛いですよね。多分着たがる女の子もいると思いますよ」

俺はスカートの端《はし》を摘《つま》んで少しだけめくってみる。

膝《ひざ》上まであるからな。下着は結構めくらないと見えない。

「あの、ご主人様……この制服を汚すのはお止《や》めになった方が」

「欲情してるわけじゃない。確認《かくにん》だ」

「そうでしたか」

でも予備は貰《もら》おうかな。楽しめそうだ。

明日はいよいよカスガルの店のお披露目《ひろめ》だ。

事前に確認しておこうとノエルもアーネラも着替《きが》えさせた。

これがカスガルの趣味《しゅみ》だとしたら大したものだ。

あいつに限って嫁《よめ》を裏切ることはないと思うが。というか、裏切ったら間違《まちが》いなく死ぬ。

俺は黒い礼服だ。

そしてマステマはというと。

「アハバイン。私はウサギじゃないんだけど。悪魔だよ悪魔。地獄《じごく》では大きな領地も治めてる大悪魔」

そう言って出てきたのは革を使った衣装《いしょう》を着たマステマだ。

バニースーツというらしい。

頭にはウサギの耳を象《かたど》った飾《かざ》りをつけ、まるでワンピースの水着のように肌《はだ》を出し、網《あみ》タイツを穿《は》いている。

これは俺の発案だ。カスガルにも了承《りょうしょう》させた。

賑《にぎ》やかしにはいいだろう。

遠い東方の地で流行《はや》っているらしく、最近はこっちでも人気があるらしい。結構高かったが、とりあえず三着買った。寸法もこいつらに合わせてある。

マステマのスタイルが良ければいかがわしい店に見えるが、こいつの体型ならそこまでいやらしくない。

「何か不愉快《ふゆかい》な事を考えている」

「いやいや。よく似合っていて可愛《かわい》いぞ。ホラ」

俺は飴玉《あめだま》をマステマにやる。

「そうか？　ならいいけど」

飴玉を口いっぱいに頬張《ほおば》ったマステマはご機嫌《きげん》になった。

そして迎《むか》えた店のオープン当日。

早朝からカスガルの店は大忙しだった。

資材搬入《はんにゅう》に料理の準備、会場の設営に業者との折衝《せっしょう》。

大勢が行き来している。凄《すさ》まじい熱気だ。

俺はようやくカスガルをつかまえる。

「早いな。来てくれたか。悪いな慌《あわ》ただしくて」

「凄《すご》い事になっているな。適当に手伝っていればいいか？」

「すまん。助かる。納品があるんだ、もう行かないと。また後で」

そう言うと、そそくさと走り去ってしまった。

あんなに大変そうなカスガルは見たことがない。

冒険者ってやつはパーティーを組んでいてもかなり自由だったからな。

いちばん手が足りていなそうな厨房《ちゅうぼう》に顔を出す。

ノエルやアーネラは手先が器用だが、力仕事をさせてもしょうがない。

料理人たちが鬼《おに》の形相でこっちを見たが、ノエルとアーネラを手伝わせると言うと仏の顔に変化した。

二人は手際《てぎわ》よく厨房を手伝い始める。

凄いな、料理人より手際がいいんじゃないか？

料理人たちもそれを見て負けじと作業を始めた。

これなら厨房は問題ないだろう。

あとで労《ねぎら》ってやらねば。

俺とマステマは力仕事をやる。

体格がいい俺はともかく、バニースーツを着たマステマが大きな荷物を持ち上げて移動しているのを見ると多くの人がぎょっとしていた。

だが忙しさに呑《の》まれてすぐに誰も気にしなくなる。

荷物の搬入でひたすら往復し、会場の設営を終わらせる。

身重のレナティシアも家でじっとしていられなかったのか、様子を見にきた。

荷物を運ぶ俺を見て爆笑《ばくしょう》している。

俺はお前らのために手伝っているんだが……。

「ごめんなさい。びっくりしちゃって」

「まったく。まあいいけどな」

「その子が噂の子ね。よく懐《なつ》いてるじゃない」

「こいつは食い気と遊びたいだけだ」

「子供らしくていいじゃない。悪魔と聞いたけど。アハバイン、貴方《あなた》も冒険者以外の仕事をする気はない？」

「まだないな。やる事がある。だが……」

俺はカスガルの店を見渡《みわた》す。

活気にあふれている。

繁盛《はんじょう》するか分からないが、こういうのも悪くない。

元々冒険者はお祭り好きだったし。

「まあ考えておくよ。金は稼《かせ》ぎたいしな」

「頑張《がんば》りなさい。体に気を付けてね」

「それはこっちのセリフなんだがな」

レナティシアは冒険者だった頃《ころ》に比べてずっと幸せそうだった。

あんなに笑うことはなかったし、いつもどこか疲れていた。

大まかな作業が終わり、店の前に人が集まり始めている。

オープニングセレモニーでは店の外にも食べ物を出して無償《むしょう》で振る舞うらしい。

招待した客だけ中に入れるようで、招待客には冒険者として縁《えん》が深いニアやマーグもいた。

そこまで格式ばった場所ではないから、あいつ等《ら》も楽しめるだろう。

俺とマステマは手伝うこともなくなり、本来の警備員としての仕事を開始する。

一方、アーネラとノエルはなぜか厨房の総料理長や副料理長に指示を出していた。

どうなっているんだ。料理人の方がまるで弟子《でし》のようにテキパキと動いている。

外に集まった人たちに開始の時刻を伝え、料理は十分にあるから時間まで集まらないように伝える。

そもそもこの辺は立地が良く行儀《ぎょうぎ》のいい人ばかりだ。

料理目当てというよりは、新しい催《もよお》しが気になるのだろう。

そして、いよいよカスガルの店がオープンした。

予想よりも落ち着いたスタートだった。

店の外に立食パーティー用の料理が次々と運び出され、テンポよく切り分けられていく。

パンはライ麦を使った黒パンと上等な白パンが用意され、バターが添《そ》えられている。

サラダに肉類の料理、ロック鳥の卵を使った料理もある。

魚や鶏《とり》の揚《あ》げものが、いい匂《にお》いをさせていた。

ステーキは鉄板で直接焼いて取り分けるようだ。

大柄《おおがら》の料理人が豪快《ごうかい》に焼いていく。

皿を次々に手に取り自由に盛り付けていく。

スープの大鍋《おおなべ》が置かれ、火の魔石を底に敷《し》いて常にアツアツになるようにしている。

様々な野菜と上等な燻製《くんせい》肉を使ったシンプルながら食欲が増すスープや、トマトをふんだんに使った赤いスープを運ぶ。

今は少しだけ涼《すず》しくなってきた季節だ。外で待っていた人には染《し》みるだろう。

デザートはチーズを使ったケーキや薄《うす》めた砂糖水に付け込んだ果実の盛り合わせなどだ。

マステマが物欲《ものほ》しそうに見ていたので、外の配膳《はいぜん》が終わったタイミングでバターを塗《ぬ》った白パンを口に押し込んでやった。厨房でノエルから貰ったものだ。

ノエル曰《いわ》く、ここの料理人は腕《うで》はいいが、大勢での作業になれていなかったらしい。そこでアーネラとノエルが入ることで一気に問題が解決し、なぜか二人が指示を出すことになってしまったという。

俺も腹が減ったので食べる。

柔《やわ》らかい。いいパンだ。毎日でも食える。

マステマは小動物のようにパクついている。

外は特に問題もなく、あとは料理がなくなるたびに補充《ほじゅう》すれば問題ないだろう。

皿や食器は安物を使っていた。

持って帰るやつもいそうだし、いちいちそれをとがめるのも難しい。

それなら持ち帰られる前提で用意すればいい、という事になったようだ。

いつのまにか警備チームのトップになっていた俺は、警備スタッフに人員配置の指示を出す。

少量だがアルコールも配っているから、外に多めに配置した。

中は俺とマステマがいれば、あとは少し人手があればいい。

招待客も店に入っていく。

受付は若い女性が二人で担当していた。

スムーズに対応できているようだ。

少し後ろで眺めているとニアの番が回ってきた。

招待状を出そうとするが、いくら探しても出てこないようだ。

受付嬢《うけつけじょう》も笑顔《えがお》は崩《くず》してないがいささか困った様子をしており、後ろの客もじろじろとニアを見始めた。

ニアは余計に焦《あせ》るが見つからない。

サブリーダーのマーグはため息を吐《つ》いて、さっさと行ってしまった。

俺は仕方なくニアをバックヤードに連れていく。

これ以上は他の客の迷惑《めいわく》だ。

「て、天騎士《てんきし》様……本当に警備員やってる。ここの警備最強じゃん」

「そりゃ警備員をするために来てるからな。招待状を失くしたのか？」

「うーん、確かにここに入れたと思ったんだけどなぁ」

そう言ってニアがポケットを探《さぐ》るも、ポケットの先から手が出る。

「穴が開いてるなぁニア」

「開いてますねぇ天騎士様」

わっはっは、と二人で笑っていると、マステマが奇怪《きかい》なものを見るように俺たちを見つめてきた。

「この子がマステマちゃんかー。奇麗《きれい》な髪。触《さわ》ってもいいかな？」

「許す」

「許されたー」

ニアは丁寧《ていねい》にマステマの髪に手を伸《の》ばす。

「絹糸みたいだね。すごくサラサラしてる。それに吸い込まれそうなほどの漆黒《しっこく》だ。これは美人さんになるなー」

「気分がいい。もっと褒《ほ》めていい」

「あはは。結構面白い子だね」

悪魔って成長するのだろうか。まぁ今のマステマは割と人間に近いらしいが。

「それにしてもこの格好《かっこう》は天騎士様の趣味？　こういうのが好きなの？」

「嫌《きら》いじゃないぞ」

「今度着てあげるね」

ニアは性格は軽いが、確かに見栄《みば》えはいいから似合うだろう。

「それで……やっぱり中には入れないかな？」

「まぁ身元は分かってるから入れてやるよ」

俺は受付嬢に事情を伝えた。

「貴族のパーティーでもないからな。参加者の中には貴族もいるみたいだが場所は分けられてるし」

「ありがとー！　料理楽しみだったから、お預けなんて辛《つら》いから助かった」

マーグもこうなることを見越《みこ》してさっさと行ってしまったのだろう。

ニアを案内し、再び受付に行くとほぼ招待客ははけたようだ。

だが、最後にやって来た二人が問題だった。

受付嬢は二人とも固まってしまい、俺に助けてという視線を全力で向けてくる。

そうなるのもまぁ仕方ない。

最後の二人は招待客のリストにはない。

カスガルとしては不義理を働いたと思ってあえて出さなかったのだろうが、こんなイベントに顔を出さないわけないからな。

我が国の皇女様は。

青く長い髪はそれだけで目を引くのに、更《さら》に整ったプロポーションで薄紫《うすむらさき》のドレスに包み、薄く施《ほどこ》されたメイクはその美貌《びぼう》を際立たせている。

隣《となり》にいるのは王国の王女様だ。

皇女様と対比するような長く赤い髪に、ややきつめではあるが、それが魅力《みりょく》的に映る絶世の美人。

プロポーションは少し慎《つつ》ましいが、水色のドレスがとてもよく似合っている。

ちょっとグレードのいい店程度のオープニングセレモニーに来る二人じゃないのだが。

「私たち二人、参加できるかな？」

断る事なんてできるわけもない。

「あ、あの。サナリエ・アリエーズ皇女殿下《でんか》……」

受付嬢は笑顔を崩さないだけで大したものだ。

俺はマステマを連れて二人の前に出る。

皇女様と王女様が俺に気付く。

いや元々気付いていたな。

皇女様は必死に笑いをこらえようとしている。分かりやすい。

王女様は俺を見ると、ドレスの裾《すそ》を掴《つか》み、すっと頭を下げる。

俺は王女より頭を下げることでその敬意を受け取った。

「アハバイン殿《どの》ですね。貴方には国としても私個人としても感謝しております」

「一人の冒険者として当然のことをしただけです」

「たとえそうでも、それができるのは大陸広しと言えど貴方だけでしょうね」

そして王女様はマステマを見る。

そこに含《ふく》まれる感情はいかなるモノか、推《お》し量るのは難しい。

「大人しい子ですね」

「ええ。もう暴れたりはしませんよ」
「是非《ぜひ》、復興した王国を見に来てね」
「……お前か。その血は覚えがある」

マステマはそう言うと、俺の後ろに引っ込んだ。

こいつに後ろめたいという感情はなさそうだが……血か。

この二人を誰かに任せることはできないので、俺が直接エスコートすることにした。

幸い二階にいい席がある。他の貴族とも分けれて便利だ。

二つの国の王族の美女二人をエスコートするのは、悪くない気分だった。

二階の広間が見えるバルコニーと繋《つな》がる貴賓室《きひんしつ》に二人を案内する。

この場所は今回使われる予定はなかったのでちょうど良かった。

料理を持ってくるようマステマに伝えると、マステマはさっさとバルコニーから降りていってしまった。

あいつは本当に……。いくらでも無茶ができるから常識が備わらない。

「……もっと恐《おそ》ろしい姿を想像していたのですが」

まぁ王女様からすれば、マステマは国の大半を犠牲《ぎせい》にさせられた上で召喚《しょうかん》されたからな。

王女様自身も大量に血を抜《ぬ》かれて死にかけてる。

ハッキリ言ってトラウマものだ。

姿を見るのも嫌《いや》だったのではないだろうか。

「召喚された時のあいつを見ればその印象は正しいですよ。今のあいつは遊び惚《ほう》けていますが」

「そうですか。あの悪魔よりも、結局は我《わ》が国があの男を止められなかった事が原因ですね」

「そうですね」

本当にそうだ。反省してほしい。あんな怪《あや》しいやつを軍の中枢《ちゅうすう》に入れるな。

王女様がシュンとなってしまう。

見た目よりもずっと可愛らしい人なのかもしれない。

この人が悪いわけではないのだが、死線を味わった身としてはつい一言いいたくなってしまった。

「そう虐《いじ》めてやるな」

見かねた皇女様が割って入る。

そういえばこの二人は元々友人だった。

「結果的には最悪は防げた。お前の働きは大きいぞアハバイン」

「それはそれは。お褒め頂き誠《まこと》に恐悦至極《きょうえつしごく》に存じます」

「内心は面倒《めんどう》ごとを、といったところか。本来ならば王国の危機を救ったことも併《あわ》せて爵位を与えられることも十分にあり得るのだが」

「もしそうなるなら皇女様からの命令は聞けませんね。貴族は独立性が保証されるのでしょう」

「すぐそうやってお前は。まあいい。お前を貴族にしたら将来お前の子孫が国を乗っ取りそうだし」

「俺の子孫がそんな面倒なことするだろうか……」

皇女様は金の飾りがついた扇子《せんす》と呼ばれる小道具を取り出すと、小気味良い音を立てて開く。

そのまま口元を隠《かく》す。

おお、凄く美人に見えるな。

もともと美人だが。

「それで何が欲しい？　王国からは金庫を開けてもよいと言っているぞ」

王女様も頷《うなず》く。

知ってるぞ。今、王国の金庫の中には金がほとんどない。

復興でかなり厳しいと金貸しと話したのを覚えてる。

国が半壊《はんかい》したわけだしな。

王国にあるアイテムか何かでお礼という事か？

「まぁ、ある時払《ばら》いで適当に金で宜《よろ》しくお願いしますよ。金以外を貰うと面倒だし」

「あの鉱石も王国にはあるぞ？」

「要《い》りません。小さいダガーへ加工するのに幾《いく》らかかったか。さすがに三度目はないでしょうし、こういうのだから意味があるので」

加工済みの鎧《よろい》とかなら、まあ貰ってもいいかなと思うのだが、それこそこれからの王国に必要なものだ。

結局話し合いの末に、王国の国債《こくさい》を少しだけ利率が良く購入《こうにゅう》できる権利を買うことになった。

皇女様が購入代金の半分を援助《えんじょ》してくれるらしい。

これがお礼だという。俺以外は嫌がるんじゃないか。王国が復興しなかったら紙屑《かみくず》になるし、俺も嬉《うれ》しいわけではない。

この二人、可愛い顔してこれが目的か。

王国は金が欲しい。帝国は援助したい。

だが帝国は皇族同士の牽制《けんせい》が強すぎて動きにくい。

王国への支援《しえん》は形だけの予算になる可能性もある。

皇女様が軍を率いて王国に来れたのは、王国を実質属国にできるという目論見《もくろみ》と莫大《ばくだい》な利益があったからだ。

復興に絡《から》む皇女様が金まで出すとなると、後々の影響《えいきょう》が大きく難しい。

だが一介《いっかい》の冒険者が、王国を支援するために国債を買うのは問題ない。

成功した冒険者は莫大な富を持つ。

中にはその金を安定した収入にしたいと思う者もいるわけだ。

皇女様が悪魔を討伐《とうばつ》した俺に個人的に報奨《ほうしょう》を渡《わた》すのは、他の皇族からしてみれば妨害《ぼうがい》するほどの事ではない。

言っては何だが、俺の恨《うら》みも買いたくないだろう。

というか、皇族の一人がカスガルを侮辱《ぶじょく》したのでロイヤルガードごとぶっ飛ばしたことがある。

あの時の恐怖《きょうふ》に歪《ゆが》んだ皇族の顔はまだ覚えている。

確か皇女様のいとこだったか？

あれ以来絶対に俺とは顔を合わせてくれなくなった。

謝《あやま》ったので俺はもう気にしてないのだが。カスガルは青い顔をして俺を止めていたくらいだし。

まぁ、そんなわけで皇女様には良いように使われやすいということだ。

ちゃんと俺の利益にもなるから構わないが……。

その場で証文を書かされた。

国債の数量は……こういう書類は見づらい。

ノエルにでも見せるか。

まったく、資産は増えたかもしれないが、また現金が減ってしまった。

それもまたごっそりとだ。

手持ちの現金ではまったく足りない。貯《た》め込んだ金や銀を少し売ってしまうか。

そうしているとマステマが、バルコニーに飛び乗って料理を運んできた。

「行儀が悪いぞ」

「しかしこの方が早い」

「普通《ふつう》の人間はそんな事をしない」

「おかしなことを言う。アハバイン、私は人間じゃないぞ」

「いいから次とってこい」

「はーい」

そう言ってまた次の料理をとりに行ってしまった。

あれ、そういえばこの場にはこの三人しかいないが。

もしかして給仕は俺がやるのか？

とりあえず皿を並べながら下の広間を見ると、アーネラがテキパキと給仕をこなしていた。

セクハラも華麗《かれい》にかわし、流れるように仕事をしている。

見る限り下の仕事は落ち着いてきたようだ。

アーネラが俺に気付き小さく会釈《えしゃく》したので、急いで手招きする。

持つべきものは優秀な召《め》し使いだ。主人より優秀ならなお良し。

仕事を押し付け、いやいや任せられる。

やってきたアーネラは、貴人二人を見て慌てて礼をした。

俺はアーネラを貴賓室に連れ出した。

「ご主人様、これは一体……？」

「飛び入りだ。というわけでこの二人の給仕を頼む。俺は誰も中に入れないようにするから」

「あの、お二人は皇女様と王女様では。私ではさすがに失礼なのではないでしょうか」

「大丈夫。アーネラは優秀だから俺は嬉しいよ」

「はい……」

アーネラは売られていく子牛のような哀愁《あいしゅう》を漂《ただよ》わせてバルコニーへ向かった。

まあ、大丈夫だろう。

あ、またバルコニーへ上がってきたマステマにアーネラが驚《おどろ》いている。

言ってなかったな。

俺がバルコニーの入り口で警備員として突《つ》っ立っていると、配膳が終わったマステマが上から被《かぶ》さってきた。

重い。頭がグラつく。

「仕事は終わった」

「そうか。ご苦労さん」

「うん。存分に労え」

「よしよし」

頭をなでてやるとマステマは心地《ここち》よそうにする。

猫《ねこ》か？

「そういえば気付いてるか？」

「当たり前だろう。俺を誰だと思っている」

「ふーん。まあ私を倒《たお》した人間だしなー」

マステマが言ってるのは内部に侵入《しんにゅう》した暗殺者の事だ。

俺が把握《はあく》する限り四人いる。

どうにもマステマはその手の人間は血が臭《にお》うらしい。

名簿《めいぼ》の人間とすり替《か》わったのか、それとも他の方法で侵入したのか。

まあここは只《ただ》のレストラン兼《けん》ホテルだ。本気になった暗殺者の侵入を防ぐことはできないし、そもそもそんな想定はしていない。

だから俺がこうして今日は此処《ここ》に突っ立っているわけだ。

俺がいる場所に侵入してくるなんて、随分《ずいぶん》舐《な》めた真似《まね》をする。

「お前は左をやれ。俺は右をやる」

「分かった」

「殺すなよ。というか力を込めるな。店が壊《こわ》れる」

「どれくらいで殴《なぐ》ればいい？」

「小指でつつくくらいでいい。俺とやったときを基準にするなよ。壁《かべ》に血の絵ができる」

「ふぅん。人間は脆《もろ》くて大変だな」

するとマステマが消えて重さがなくなる。

さて、俺も行くか。

暗殺者の狙《ねら》いは……あの王族二人のはずだ。

なんせ護衛もなく、今なら暗殺者なら手を伸ばせば届くような距離《きょり》だ。

バルコニーだから遮《さえぎ》るものもない。

ボーナスゲームだと思っているのかもしれない。

皇女様と王女様が来ることを何処《どこ》で知ったのかは知らないが……。

俺がいるという事は知らなかったのだろうか。

冒険者を長くやっていると、意外と暗殺者と対峙《たいじ》することがある。

貴族や商人の護衛を請け負《う》うことも多いからだ。

実績があれば専属護衛として直接雇《やと》われる場合も多い。

暗殺者は人を殺すことに特化しており、冒険者としての経験を積んでも後《おく》れを取り、殺されてしまうことはある。

だが、俺たち冒険者は人間より遥《はる》かに強靭《きょうじん》な存在と日々戦い、競《きそ》い合っている。

そして俺はその冒険者として今、最も高みにいるわけだ。

全身の筋肉を引き絞《しぼ》る。

マステマが動いた後だと、逃《に》げて取り逃《のが》してしまうかもしれない。

それじゃあ、狩《か》りの時間だ。

一階へ下りて目標の暗殺者に近づく。

暗殺者は男女のペアで、格好はごく普通のパーティー用の格好をしていた。

飲み物を飲みながら談笑しているが、視線は常に二階の二人に向けられているのが分かる。

俺は気配を絶ち、客を上手《うま》く避《よ》けながら暗殺者二人との距離を詰《つ》める。

大きく踏《ふ》み出せば届く位置まで近づくと、向こうも俺を認識《にんしき》した。

男性客の方が飲み物をテーブルに置き、背中に手を伸ばす。

遅《おそ》い。

俺は距離を詰めて男性客の前に立つ。

男は驚いたように装《よそお》うが、わざとらしい。

「何か？」

「バレバレだ。もう少し気配を消した方がいい」

「何の話だか分からないな。警備員が私に一体」

腹に一発いれると男は崩れ落ちた。

後ろ手に握《にぎ》ったナイフが地面に落ちる。

同時に後ろでも騒《さわ》ぎが起きる。マステマだろう。

女は皇女様目掛《めが》けて飛んだ。

だが俺はその足首を掴み、地面に叩き下ろした。

女は受け身をとったものの、足首を掴まれているから動けない。

靴底《くつぞこ》から毒を塗った隠し刃《やいば》が飛び出すが、予測していたので脅威《きょうい》ではない。

体を仰向《あおむ》けにして谷間からダガーを取り出して皇女様に向けて投げる。

ダガーを弾《はじ》こうとすると、アーネラがトレイを掲《かか》げて弾く。

やるじゃないか。皇女様に抱《だ》きしめられてる。

俺は女性の扱《あつか》いも理解しているつもりだ。

だが、暗殺者を女性扱いするわけにはいかない。

俺は咄嗟《とっさ》に足首を持ってつるし上げ、胸を蹴《け》り飛ばした。

大きく跳《は》ねると、暗殺者は気絶してしまった。

男の方が床《ゆか》を這《は》って逃げようとするが、残念ながらマステマが目の前に立っている。

マステマが男の頭を踏みつけ、右手を突き出しピースした。

俺は呆気《あっけ》に取られている招待客たちに向けて、部屋全体に響《ひび》き渡るように大きく手を叩き注目を集める。

招待客の中には血気盛《さか》んな冒険者もいる。

早めに収拾をつけないとトラブルの元だ。

ニアなんかとっくに臨戦態勢だ。

武器の持ち込みは禁じているが、上位の冒険者は肉体が既《すで》に武器と言える。

「皆様《みなさま》。お騒がせしました。賊《ぞく》が紛《まぎ》れていましたが、無事捕縛《ほばく》しましたのでご心配なく！　それでは引き続きパーティーをお楽しみください。皆様の安全は私、天騎士アハバインが保証致《いた》します！」

俺の宣言で場は落ち着きを取り戻《もど》す。

こういう時は名声が役に立つ。

天騎士の名は伊達《だて》ではない。

店の外、更に離《はな》れた場所で待機していた皇女様付きのロイヤルガードに暗殺者を引き渡す。

相変わらず俺には渋《しぶ》い顔をする。

だが一応頭を下げられた。

精進《しょうじん》しろよ。

その後は和《なご》やかな雰囲気《ふんいき》のままパーティーは進行した。

カスガルの挨拶《あいさつ》から始まり、魔法を使った一発芸でカーテンが焦《こ》げて、大焦りしていたり。王女様が飛び入りでその素晴《すば》らしい歌声を披露《ひろう》したり。

何故かノエルとアーネラが舞台《ぶたい》に上がり、ダンスを披露していた。

スカートの中にはハーフズボンを着込んで、見えないようにしていた。

二人のダンスはキレッキレで、一番の反響《はんきょう》だ。

中にはお捻《ひね》りをステージに投げる客もいたほどだ。

ただでさえ可愛い上に、他人に自らをより可愛く見せることにかけては相当上手い。

ダンスが終わると、二人は大きな拍手《はくしゅ》で惜《お》しまれていた。

その後、しばらく談笑の時間になる。

俺とカスガル、そして皇女様と王女様の四人が貴賓室の席に座る。

給仕は仕事を終えたノエルとアーネラに任せた。

四人のカップに紅茶が注がれる。

帝国産の高級な紅茶だ。砂糖なしで酸味のある果実をスライスして載《の》せるのが俺の好みだ。

厨房の後始末は本来の料理人たちだけにやらせればいい。

カスガルは緊張《きんちょう》しているようだった。

皇女様に負い目があるらしい。気にすることはない。

火の支配者。こいつはその気になれば国を一人で落とせる人間なのだから。

俺が対単体で最強の人間だとすれば、カスガルは対集団で最強の人間だ。

帝国からすれば絶対に敵対させたくないだろう。

俺なら敵対しても、犠牲を覚悟《かくご》で数で圧せばいつか倒せるだろう。

だがカスガルはそうではない。

帝国の軍隊すべてを燃やせるのだ。冗談《じょうだん》抜きで。

耐《たい》魔《ま》術《じゅつ》に優《すぐ》れた鎧の上からでも、だ。

だからこそ、利害に聡《さと》い皇女様がカスガルを切り捨てるはずがない。

この場所……帝都でも有数の立地が、出自の怪しい冒険者の手に渡った事がその証明だ。

皇女様は帝国内でも今かなり力を持っている。

次期皇帝《こうてい》の皇太子と水面下で争っている話はあちこちから聞こえている。

カスガルがこの土地を買おうとしたときには、既に把握していたに違いない。

皇女様はたっぷりのミルクと砂糖を紅茶に入れる。

人の目がなければこの人は甘党《あまとう》だ。本人曰く頭を使うから糖分が足りないのだという。

「お久しぶりです。サナリエ皇女殿下。そして初めまして。王女殿下」

カスガルが立ち上がって二人に頭を下げる。

「元気よくやっているようだな。この店もこの様子であれば帝都でも流行るだろう」

「ありがとうございます」

王女はお茶請《ちゃう》けとして出されたケーキをフォークで切り取り、一口食べると顔をほころばせる。

「料理もおいしかったです。このケーキなんか絶品」

「私が作りました。お口に合って何よりです」

「御代わりを」

皇女様が空になった皿をアーネラに渡す。

アーネラが別のケーキをよそい皇女様に渡す。

アーネラは随分と皇女様に慣れたようだ。

マステマは裏でケーキを摘んでいる。

まぁいいか……。

「アハバインにも用があったが、あれからお前の顔を見てなかったからな。子供ができたら皇居に会いに来い。何なら名づけも私がしても良いぞ」

「それは畏《おそ》れ多い……いえ、行かせて頂きます」

会話は和やかに進むが、俺は黙《だま》っている。

俺が此処にいるのは皇女様に無理やり連れてこられたからだ。

皇女様とカスガルは仲が悪いわけではないが、カスガルの意思一つで皇女どころか帝都が燃えるのだ。それが怖くて仕方ないらしい。

カスガル自身はそう怖い人間ではないが、こういう奴《やつ》は一度切れると手が付けられないのは間違いない。

皇女様がきちんとカスガルと向かい合えば、彼《かれ》はこの国に喜んで骨を埋《うず》めるだろう。こいつは苦労した分あとは穏《おだ》やかに過ごしたいだけだ。

会談は終了《しゅうりょう》し、皇女様と王女様は店を後にした。

挨拶だけでもと何人か寄ってきたが、俺とカスガルを押し退《の》けてまでという貴族はいなかった。

宴《えん》も終盤《しゅうばん》。皇女様たちが帰ったのをきっかけに締《し》めに入る。

招待客を俺とカスガルとマステマが見送る。

屋外で食べ放題もすでに終了し、撤収《てっしゅう》作業が始まっていた。

仕方ないのでノエルとアーネラをまた送り込む。

ついでにニアもつかまえて手伝わせた。

「なんで？　天騎士様なんで⁇」

「招待状を忘れたお馬《ば》鹿《か》さんはだれだ」

「私でーす。手伝いしてきまーす」

ニアは半泣きになりながら手伝いに向かう。

反省しろ。小さいミスが信頼《しんらい》を崩すんだからな。

俺の後に次の頂点になる冒険者はニアのパーティーか、ベルギオンの大所帯になる。

望む望まずにかかわらず、振る舞いを見られるのだ。

ベルギオンはともかく、ニアにはまだその意識が薄い。

急成長したパーティーにはありがちなことで俺たちも苦労した。

まあ俺ほど強ければ皇女様相手以外は自由だけどな。

皇族をぶっ飛ばしたあたりで吹《ふ》っ切れた。

最後にカスガルと話したが、ノエルとアーネラは随分評価されたようだ。

どの部署からも是非来てほしいという。

やらん。俺の世話をさせるのだ。

気長に有能な人間を募《ぼ》集《しゅう》してくれ。

……パーティー時代を思い出す。

今のカスガルの方がよほど活《い》き活《い》きしている。

そうか。俺たちのパーティーは終わったんだな。

俺にも過去を振り返る日が来るとは思わなかった。

ただ日々を駆《か》け抜けていったあの時代はもう過ぎ去り、二度と同じ日々は来ないのだ。

「どうした？　アハバイン」

マステマが俺の顔を覗《のぞ》き込んでくる。

「なんでもない」

顔に熱いものが流れていたのを俺は誤魔化《ごまか》した。

青春、か。

「ご主人様、もうお帰りになりますか？　ならお土産《みやげ》を頂いたのですぐに食事を作ります」

ノエルがバスケットを俺に見せてくる。

アーネラも同じようなものを持っていた。

「そうか。なら帰るか」

三人を引き連れて、太陽が沈《しず》んで朱《あか》く染まる帝都を見る。

かつてカスガルに解散を告げられた時、俺はまだやる事があると思った。

だが、どうだろう。

カスガルは天辺《てっぺん》の景色はいいものだったが、見続けたいものではなかったと言った。

あいつが望んだのは今日のような景色だったのだ。

違う道に進んだあいつは幸せそうだった。

俺はこのままで幸せなのだろうか？

地位も名誉《めいよ》も金もある。

何もなかった俺は、なにも困らない人生を望んだのは間違いない。

しかし、いざそこにたどり着けば思っていたものとは違うという事だろうか。

決して不満があるわけではない。皇女様に頭を下げられて仕事を頼まれる人間なんて他に誰がいるというのだ？

……そこまで考えて気付いた。

簡単な事だったのだ。

俺はどうやら挑戦者《ちょうせんしゃ》として生きることに価値を見出《みいだ》しているらしい。

追いかけることにこそ、つまり挑《いど》むことに意味がある。

俺の腹は決まった。

最強の冒険者。最強の戦士になった今、次に目指すべきは……

俺は三人を引き連れて帰宅すると、マステマのためにあつらえた書庫に籠《こ》もった。

書棚《しょだな》の端から読み漁《あさ》る。

元々本を読むことはあったが、知識を得るために本を貪《むさぼ》るのは久しぶりだ。

必要としている本は残念ながら余りなかった。

趣味で集める程度で、本の種類もまばらだったからだ。

マステマは俺の脚《あし》を枕《まくら》代わりに、寝《ね》ころがったり、本を読んだりと自由だった。

ちなみにこの中では飲食しないという約束は守っている。

ノエルとアーネラが家事をすべてやってくれるので、俺はありがたくやりたいことに集中できる。

依頼も受けず、数日間書庫に籠もった。

今必要なのは金じゃない。

うちの書庫で得られる知識は得た。借りている倉庫のアイテム類の換金《かんきん》を始める。

馴染《なじ》みの商人に即《そく》現金化させる代わりに安く売ってやる。

財宝類、アクセサリ、武器類。

不要なものを処分していく。凄まじい額だ。

商人は慌てて資金を確保しに行ってしまった。

「一体どのような心境の変化ですか？」

商人の付き人の青年が俺に聞く。

もう顔馴染《かおなじ》みだ。

「何を言っても本腰《ほんごし》を入れた処分をなさらずに、換金しやすいものだけをお売り頂いてましたよね」

「なんだ、不満か？」

「まさか、嬉しい悲鳴ですよ。旦那《だんな》様があのように慌てて走る姿を初めて見ました」

「面倒だったからだ。残すものはこれで頼む」

「お任せ頂けるなら私共は仕事をするだけですが、これは……」

「あとは頼んだぞ」

「分かりました。お金はあとで手形をお届けします」

「留守番の者にでも渡しておいてくれ」

「ええ。明日には」

倉庫の解約も商人たちに任せる。

次に向かったのは鍛冶屋《かじや》だ。

ボロボロの雷剣《らいけん》を見せたら怒鳴《どな》られてしまったが、なんとかなるというので任せた。

雷剣はもう一度手に入れるには、金ではなく時間がかかる。

使う機会はもうあまりないかもしれないが。

オークションに出物がないからだ。

一番気に入っている剣なので、できれば持ち続けたい。

天剣が抗議《こうぎ》して震《ふる》えたが、天剣を日常的に使ったら俺が壊れてしまう。

完全に解放した天剣の後遺症《こういしょう》はまだ残っている。

最近はマステマにかまってばかりだから嫉妬《しっと》しているのか？

拗《す》ねて眠ってしまった。

次に帝国の冒険者ギルドに行く。

ギルド長のマーフスは最後に会ったときよりも更にやつれていた。

俺がギルド長の部屋に入ると彼が開口一番で言った。

「引退か」

「別に冒険者を辞めるわけじゃないさ。ただ……」

「ふん。以前した話を覚えているか？」

あれはパーティーを解散してすぐの時だったか。

遠い昔のように感じる。

「ああ。覚えているよ」

「あの時お前はすでに名声を手にしていたが、今のお前を超《こ》えるものは王族でもそうはおるまい」

「だろうな。一応悪魔退治は王国の都合もあって伏《ふ》せられてるらしいが」

「あんなもの、どうやっても覆《おお》い隠せるものか。公然の秘密だ」

「まぁな」

「天騎士。お前はよくやった。お前ひとりで一体どれだけ分の冒険者の仕事をしたか」

「褒めるなよ、照れるだろ」

俺は出された茶を飲む。

「これからどうするつもりだ？」

「帝国から出るよ」

「……皇女様が許すのか？」

「許すさ。従っていたのは俺の善意からであって、他の理由じゃない」

「またそういうことを」

「世話になったとは思っている。筋は通すさ」

「そうか。まあいい。引退するわけではないのなら好きにしろ。冒険者とは」

「自由なものだ」

最後に俺はマーフスと握手《あくしゅ》する。

帰ろうとすると、ニア・ノアとあの時と同じように出くわす。

俺に寄ってきたニアの頭をガシガシと撫《な》でてやり、最後に肩《かた》を叩いた。

「天騎士様⁉」

何が何やら分からず、ニアはボサボサになった髪を気にしながら呆気にとられていた。

帝国の冒険者の未来はお前に託《たく》した。

ベルギオンがでかい顔をするのは嫌だからな。

幾つか場所を巡《めぐ》り、最後に寄るのは皇居だ。

我らが皇女様にお目通りを願う。

いつものメイドが表情も変えずに案内し、いつもの部屋に通される。

そこには皇女様一人だけが待っていた。

護衛の騎士もいない。

メイドだけが給仕のために残る。

一応このメイドも護衛を兼ねてはいるようだ。多分皇女様なりに気を使っているのだろう。

「私が呼ばずにお前から来るのは……思えば初めてか？」

「ええ。何処かの皇女様が扱《こ》き使ってくれましたからね」

「悪いとは思っているよ。代価は払ってきたつもりだ」

「まぁ、そうですね」

互《たが》いに黙り、注がれた紅茶を飲む。

温めたミルクを混ぜて口に運ぶと、かぐわしい香《かお》りが鼻腔《びくう》に届く。

「私の耳には既に届いている。呼ぼうかとも思ったが」

「そうでしょうね。どうせ呼ばれるならとこちらから来た次第《しだい》で」

「……気は変わらんか」

「ええ」

「何をするつもりだ？」

「俺はね。どうやら追いかけるのが好きみたいで。サナリエ皇女様。貧困《ひんこん》に陥《おちい》った小さい子供が何を思うか分かりますか？」

皇女様は少し考えるが、首を振る。

「飯と寝る場所と服。そして成功する事。二度とこんな思いをしないように。ただそれとは別にね」

俺は紅茶を飲み干した。

そしてカップをソーサーに置き、両手を広げる。

「魔法って奴にあこがれるんですよ。ガキってやつは。ゴミ捨て場に落ちていた破れかけの絵本を見ては、魔法使いにあこがれてね」

「む？　だがお前は」

「そう。俺は戦士としてここまで来ました。それは俺が強いという自覚があったからです」

俺は棒切れ一つで魔物に勝った時、魔法に対する憧《あこが》れではなく、生きるための戦士を選んだ。後悔《こうかい》はない。結果的にここまで来れたのがその証明だ。

「では、戦士としてのキャリアを捨てて、一から魔導士を目指すというのか」

「ええ。残念ながら帝国は魔導士の聖地ではない。俺はベストを尽《つ》くしたい。時間は有限だってのはよく分かってますからね」

「魔導士ならば遠くの地、探求と英知が集《つど》うノウレイズ魔道国か」

「ええ。カスガルも一時期いたというあの場所です」

俺がイメージする魔導士はカスガルだけだ。

さすがにあいつほどの奴が何人もいるとは思わないが。

「お前を手放したくはないのだが……帝国に敵対する気はないと思っていいのか」

「もちろん。家も市民権も残しますよ。債券《さいけん》やら金貸しからの金も受け取らないといけませんからね」

「そうか。幸いお前にしか頼めない仕事もない。何かあれば私の名前を使え。少しは役に立つだろう。ダメなら帰ってこい」

皇女様との話は終わり、メイドに見送られる。

「アハバイン様」

「なんだ？」

「……僭越《せんえつ》ながら、貴方には魔導士の才はありません。魔力だけはありますが、それは」

「分かってるよ。結局のところ俺は道具に頼《たよ》って魔法を使ってきた。魔導士としての俺は見習いもいいところだ」

冒険者としてはそれで十分だからな。

魔力があるのも、道具を使うために魔力を消費してきた結果だ。

「見習いから始まるなんて、面白そうじゃないか。何かを始めるときほど楽しいことはない」

メイドはその答えを予想していなかったのか、初めて表情が動いた。


不用品の処分が進み、挨拶もそこそこに、俺はノエル、アーネラ、そしてマステマを集める。

「今日は大事な発表がある」

「わざわざなんだ？」

昼寝を邪魔《じゃま》されたマステマが、目をこすりながらあくびをする。

こいつ実は堕落を司《つかさど》る悪魔じゃないか。

ノエルとアーネラは黙って俺の言葉を待っている。

「探求と英知の国、ノウレイズに行くぞ」

「……？　行けばいい。別に反対する者はいないだろう」

マステマはノエルからクッキーを貰いながら言う。

自由すぎる。

「よし、問題なさそうだな」

「はい、ご主人様。私たちは付いていくだけです」

「では必要なものを買って参ります」

早速《さっそく》動こうとするノエルとアーネラを手で制する。

「まあ聞け。俺は冒険者を休業して、ノウレイズにある魔道学園に入学する。ちなみにお前らも入学させる」

「は？」

「……私たちもですか？」

「ご主人様？　あの、えっと」

そう、俺だけが向こうで魔導士見習いをやってもいいんだが、どうせならこいつらも巻き込んだ方が面白そうだ。

ノエルとアーネラの二人は魔法の素養があると聞いているし、マステマはその存在が魔導士の上位互換《ごかん》のようなものだ。そもそも魔力で体ができている。

それにいくら俺が20代で、魔道学園には年齢《ねんれい》関係なく金さえ納めれば学べる場所であるといっても、恐らく入学者の大半は10代の子供だ。

歴戦の冒険者である俺が一人で乗り込めば、凄まじく悪目立ちするだろう。

ならこいつらも一緒《いっしょ》に乗り込めば、同じく目立つにしてもそれはだいぶ違う意味になる……はずだ。

目立つのは避けられないだろうが、こそこそするのは性《しょう》に合わない。

「ノウレイズ魔道学園は大変な、その、入学金が必要だと聞いております。ご主人様からの推薦《すいせん》なら問題ないと思いますが。私たちにそのようなお金を使われるのは」

「そうです。私たちはそもそも奴隷《どれい》ですし」

二人が恐縮《きょうしゅく》している。

着飾《きかざ》るものなどを買い与《あた》えても恐縮はしないのは、それが結果的に俺のためだからだ。

今回はそういうケースなのか判断が難しいのだろう。

「普通の奴隷と自分たちを同じ場所に並べるな。もっと価値を持て。お前たちも色々な経緯《けいい》があってここにいるが、魔道学園に入学できる人間は少ないんだ。それを楽しめばいい」

不用品を処分したから金もある。

そう言うと、ノエルとアーネラも押し黙った。

まぁ俺が強く言えば結局やるしかないのだが、さすがに数年間は魔道学園に入ることになるなら納得《なっとく》して入らないと辛いからな。

マステマを見ると苦虫を噛《か》みつぶしたような顔をしていた。

面倒極《きわ》まりないという意思表示だ。

「お前たちで楽しめばいい。悪魔にそんな行事は不要だ」

「いやいや。マステマ、お前もいい勉強になるだろう」

「人と悪魔の魔道原理は同じじゃないんだぞ」

「お前にとっては長い年月の中の数年だ。我慢《がまん》しろ。お前が入学するとどうなるのか楽しみだしな」

「お前ぇ……クソ、こういう奴だった」

「女の子だからそんな言葉は使わないように」

　マステマはクッキーを掴んで口に放り込むと、そのまま不貞寝《ふてね》してしまった。

「ご主人様、ここはどうなさるのですか？」

「皇女様と話したんだが、維持《いじ》することにした。管理をどうするかはまだ考えていないが」

「分かりました。持っていくものは決めておられますか？」

「ほとんどのものは置いていく。着替えと身支度《みじたく》に必要なものだけでいい。向こうで揃《そろ》えればいいからな」

　ノエルとアーネラは黙って頷くと、作業を始めた。

　諸々《もろもろ》の事は二人に任せておけばいい。

　確認だけで十分だ。

　この家に関しては……そうだ。ちょうどいい奴がいたな。

　早速家に誘《さそ》ってみると、案の定ほいほいと付いてきた。

　ニアだ。まだ宿暮らしだったはず。

「天騎士様、話ってなーに？　遂《つい》にうちのパーティーに来てくれる気になった？」

　どうやらニアはまだ俺が冒険者を休業することを知らないようだ。

「冒険者辞めて魔道学園に行くから。そしたらお前ここ使っていいぞ」

「わーここ使っていいの？　やったー！　じゃないでしょ！」

ニアが地団駄《じだんだ》を踏む。何やってんだこいつ。

威嚇《いかく》するように俺に歯を向ける。

俺はそれを無視してつづけた。

「飽きた。これからは魔導士の時代だ」

「そんなぁ……本気なの」

ニアの頭に生えた耳が垂れ下がる。

獣人《じゅうじん》は感情が分かりやすい。

こいつとの付き合いもまあまあ長い。

カスガルたちを除けば一番長い付き合いになると思う。

こいつは一心に俺の背中を追ってきた。

そろそろ俺の背中ではなく、その先を追いかけてもらわなければ成長しない。

「ふんだ。天騎士様が帰ってきたときには、私が一番になってるんだから。悔《くや》しがらないでね。家はありがたく使いますから。ありがと！」

そう言っていなくなってしまった。

さて、あとやる事はただ一つ。

俺はカスガルの店に向かった。

歩きながら考える。

あの日から、随分変わってしまった。

解散を告げられた時から、最強と言われたパーティーの道は分かれてしまったが、それこそが人生なのだろう。決まった道などない。

俺が魔道学園に行くなど、誰が考えただろう。


カスガルの店で食事を済ませると、俺は総支配人室でカスガルと向かい合って座った。

レナティシアには挨拶だけで済ませた。

カスガルは魔法で作った球体の氷をグラスに入れ、そこに蒸留酒を注ぐ。

「氷の魔法も使えたんだな」

「ふふ。あまり氷系の魔法は見せたことはなかったか。俺は火以外はどうにも、な。だがこの程度はできるさ」

グラスの底を互いに突き出して音を鳴らし、二人で一気に呷《あお》る。

強くていい酒だ。

カスガルは再び酒をグラスに注ぐ。

球体の氷が転がり、グラスにぶつかる音がする。

「いいだろう？　最近仕入れ始めた帝国産にこだわった蒸留酒だ。水も麦芽も厳選したものを使ってる」

「さしずめ帝国に乾杯《かんぱい》といったところか」

「ああ。この国は俺も好きだ。俺の夢をかなえてくれた。そうだ、こいつを食べてみろよ」

そう言ってカスガルは器《うつわ》に盛られた飴《あめ》を持ってくる。見た目はただの飴だ。

「安物の飴なんだが、こいつとよく合うんだ」

カスガルは飴を複数掴むと口に放り込み、そのまま噛み砕《くだ》く。

そして酒を口に含み、飴と共に飲み込んだ。

「ふぅ」

「ほぉ」

俺もそれに倣《なら》い、飴を頬張る。

噛み砕くと砂糖の甘味《あまみ》と柑橘《かんきつ》系の酸味が口に広がる。

強い蒸留酒で胃に流す。

酒の香りと飴の風味がよく合っていた。

「確かに、これはいいな」

「だろ」

カスガルが笑う。

俺もフッと笑う。

しばらく思い出話などをしながら酒を飲み続けた。

途中《とちゅう》からはペースを落としたが、蒸留酒二本を飲み切り、俺もカスガルも程《ほど》よく出来上がった。

やや夢心地といったところか。

三本目を出そうとしたカスガルを制し、輪切りにした酸味のある果実を入れた水を飲む。

熱くなった体に水の冷たさと爽快《そうかい》感がしみ込む。

「それで、どうしたんだ今日は」

カスガルが飴を齧《かじ》りながら言う。

ようやく本題だ。楽しい時間だったのでつい忘れてしまっていた。

「んん、そのな」

俺は咳払《せきばら》いをして深呼吸する。

他の誰であっても緊張しなかったが、カスガルにだけは少しばかり緊張してしまう。

兄弟のような、友人のような、戦友のような関係だったからこそか。

カスガルが俺に冒険者を辞めると言ってきた時も、今の俺と同じ気持ちだったのかもしれない。

カスガルをもう少しだけ理解できた気がした。

「冒険者を一旦《いったん》中断して魔導士見習いになろうと思ってな」

「お前が？　誰よりも強い戦士になったお前が魔導士の見習いをするのか？」

カスガルは酔《よ》いも手伝い腹を抱《かか》えて笑った。

ひとしきり笑うと、涙《なみだ》を拭《ふ》いて水を飲む。

「今思えばお前は魔法を使うとき、簡素な魔法でも楽しそうにしていたな。武具もやたら魔法の効果があるものばかり集めていたし。便利だからとばかり思っていたが、そういうことか」

「ああ。まぁお前に言うのは憚《はばか》られてな」

「おいおいなんでだよ」

「俺が最強の戦士ならお前は最強の魔導士だからだよ。最強の魔導士に、これから魔導士の見習いになりますなんて恥《は》ずかしくて言えん」

「そんなことはないさ。俺も最初は何も分からない見習いだったし、お前もいくら強くたって最初は並の戦士だっただろう」

「まあ、な」

「魔導士ってことは魔道学園に行くのか……あそこは帝国の皇居ほどじゃないが、色々と闇《やみ》があるぞ」

闇ね。皇女様とのお付き合いで色々と垣間見《かいまみ》てきている。

「それはどこも同じだろう。権力や利権があれば派閥《はばつ》もできるさ」

「お前に忠告する事ではなかったか。まぁ、楽しんでくればいいさ。大成しようがしまいが、お前はもう成し遂《と》げているんだからな」

「ふん。お前よりも優れた魔導士になってやるさ」

「それは楽しみだ。その時は帝国一の料理人になって待っているとしよう」

「その時は肉を焼いてくれ。分厚いのをな」

「分厚い肉は見た目はいいが、それほど美味《うま》いもんじゃないんだが……いや、上手く調理してやるよ。それじゃあ、そうだな。俺たちの未来に」

「乾杯」

水を入れたグラスを再び突き合わせる。

そして一気に飲み干した。

泊《と》まっていけとカスガルに誘われたが俺は断った。

少し歩きたい気分だった。

ふわふわとしたような気分で歩く。

いい気分だ。これほどいい気持ちで酒が飲めたのはいつ以来だろう……。

しかし、残念ながらそれは長続きしなかった。

カスガルの店から離れて暫《しばら》くすると、自分が囲まれている事に気が付いた。

敵の気配の消し方は、酔っていても分かるほどの杜撰《ずさん》さだ。

俺は立ち止まる。

今の俺は武装していない。

「出てこい。今は気分がいい。今失《う》せたら見逃《みのが》してやる」

すると暗がりから帝国の騎士たちが出てきた。

帝国の紋章《もんしょう》が入った鎧が月明かりに輝《かがや》く。

だが騎士たちの顔に見覚えはない。

皇女様の派閥の騎士ではないようだ。

奥《おく》からロイヤルガードが二人と、見覚えがある男が歩いてくる。

なるほど。俺が帝国を出ていく前に決着をつけたいのか。

「久しいな。天騎士」

「これはこれは。俺と顔を合わせるのが怖くてずっと会えなかった、継承権《けいしょうけん》第六位の皇子様ではありませんか」

正確には皇子ではないが、名前を覚える気にもならないし皇子でいい。

「黙れ。皇族に手を上げて無事で済むと思ったか。ずっと機会を待っていただけの事よ」

「皇女様は知ってるんで？」

「あの忌々《いまいま》しい女狐《めぎつね》はあとでどうにかするさ。顔と体はいいからな。利用価値はある」

「はぁ。その程度の頭で……皇族ってのは随分と不幸な事だなぁ。皇居ではさぞかし肩身《かたみ》が狭《せま》いでしょうなぁ」

「貴様、私をどれだけ愚弄《ぐろう》すれば……素直《すなお》に頭を下げれば情けをやろうと思ったが止めだ。武器がないのは分かっている。殺せ。報酬《ほうしゅう》は幾らでもやる」

ああ、せっかく気持ちよく酔えていたのに。

こいつのアホ面《づら》のせいでパーだ。

……こいつ等はいつもそうだ。

自分たちが偉《えら》いと思っている。強いと思っている。

だから知らないのだ。日々命を懸《か》けて魔物と戦う冒険者の強さというものを。

真っ先に斬《き》りかかってきた騎士の剣を、俺は腹を叩いて砕く。

脆い。安物だ。こんなものではオーガも斬れない。

斬りかかってきた騎士は唖然《あぜん》として、そのままへたり込んだ。

戦意が砕けている。情けないが見逃してやるか。

俺と付き合いのある騎士は皆《みな》剣を上物に替《か》えている。

この光景を見た事があるからだ。

他の騎士たちも動揺《どうよう》しているが、皇子が怒声《どせい》でけしかけ、ようやく動く。

遅い。どうせこの皇子の下についてうまい汁《しる》をすするだけのカスだ。

紙一重《かみひとえ》で回避《かいひ》し、がら空きの胴《どう》や首根っこに打撃《だげき》を叩きこむ。

殺しはしていないが、数日は痛みで何もできないはずだ。

俺が酔っぱらって弱くなったと思ったのだろうが。

「俺が弱くなったからと言って、お前らが強くなったわけじゃない。随分ひどい勘違《かんちが》いをしたな」

騎士たちを殴り飛ばすとロイヤルガードが出てくる。

序列のナンバー持ちだ。

だが皇子に付いているような奴だし下位だろう。見覚えもない。

分厚い鎧に身を隠した程度で、俺に勝てると思うな。

出てきたロイヤルガードとは対照的に、周囲の騎士たちは慌てて逃げ去ってしまった。

危機が起きればいつもああして逃げ出すんだろう。

俺は別に帝国の騎士そのものを見下しているわけじゃない。

日々厳しい訓練を己《おのれ》に課し、困難に備え、いざ何か起きれば命を捧《ささ》げて国を守る。

歴戦の騎士ならば、卓越《たくえつ》した強さを持つ者もいる。

才能よりも強固な信念で人間を国の盾《たて》として鍛《きた》え上げる者たちだ。

だが、組織というものはどこかが腐《くさ》る。

楽を覚え、信念を失い、餌《えさ》をくれるものの下で徒党を組む。

俺が最も嫌いな連中だ。こういう奴らは弱い人間から平気で奪《うば》うようになる。

盗賊《とうぞく》と何が違う？

弱い者から不当に奪うことは、嫌悪《けんお》されるべきだ。

残ったのはロイヤルガードの二人と名前も忘れた皇子だけ。

皇子は俺の言葉に気圧《けお》されているものの、左右に控《ひか》えたロイヤルガードの存在を思い出したのかすぐに気を取り直した。

「以前お前は俺の護衛ごと俺を吹き飛ばしたな。あの屈辱《くつじょく》を忘れた日はないぞ。いくらお前が強かろうが、この二人に素手《すで》で敵《かな》うまい」

ロイヤルガード。

帝国騎士の精鋭《せいえい》のみで構成された皇族の護衛騎士。

複数いるロイヤルガードの中でもそこから更に一〇の序列があり、特別な騎士として扱われる。

皇子の左右に控えたこの二人の鎧にはそれぞれⅦとⅧの文字が見えた。

数字持ちのロイヤルガードといえども、皆が清廉《せいれん》潔白ではない。

皇帝を守る序列一位のロイヤルガードは酒と女好きだ。

この二人も金か何かで動いているのかもしれない。

図体《ずうたい》はでかい。オーク並みの体格だ。

背丈《せたけ》も厚みもほぼ同じに見える。

二人は剣を同時に抜き、左右対称《たいしょう》の構えをする。

これは……。

二人のロイヤルガードが同時に動く。それなりに速い。

完璧《かんぺき》に合わせられた斬撃《ざんげき》だ。俺は見切って懐《ふところ》に潜《もぐ》り込み、左側の騎士の腹を全力で蹴り飛ばした。

安物の鎧なら靴《くつ》の裏の跡《あと》がくっきり刻まれるぐらいの力を込めたが、ロイヤルガードの鎧は奇麗なものだ。

帝国の武力の象徴《しょうちょう》であるロイヤルガードは、装備も優遇《ゆうぐう》されている。

鎧も武器も最高品質のものを使っている。

もう一人の騎士の斬撃を躱《かわ》し、腹に手を当ててゼロ距離から殴る。

衝撃《しょうげき》が鎧を抜き、直接肉体を貫《つらぬ》く。

少しだけ後ずさったが、すぐに構えてくる。

それなりに鍛えているようだ。

伊達に数字持ちではないか。

二人は同時に剣より盾を前に出した。

随分と息が合うじゃないか。

左右から盾で挟《はさ》み込んでくる。それを後ろへ飛んで躱《かわ》すが、すぐに二人が方向転換《てんかん》してこっちに突っ込んできた。

俺はとっさに腕で顔を防御《ぼうぎょ》する。

次の瞬間《しゅんかん》、俺は岩に殴られたような衝撃に襲《おそ》われ、大きく吹き飛ばされた。

何度かステップを挟んで着地する。

大した攻撃力《こうげきりょく》だ。

それにこの二人の異常な連係《れんけい》。

「双子《ふたご》か。訓練でできるような息の合い方じゃない」
ロイヤルガードたちは当然答えない。
だが間違いない。
以前遭遇《そうぐう》した影《かげ》の魔物が、似たような動きをしてきたのを覚えてる。
一心同体の動きは対峙した相手を戸惑《とまど》わせる。
口の中を切ったようだ。
血を地面に吐き捨てる。
皇子が嬉しそうにこっちを見ている。
ロイヤルガードの鎧相手では、俺が触媒《しょくばい》もなしに使える魔法は簡単に弾くだろう。
まったく面倒な事だ。
再び相手が盾を持って迫《せま》る。
この二人は、大きな体格を活かしたこの連係で相手を追い詰める。
二人で一つという戦い方なのだろう。
だから序列が下位なんだよ。
俺は両手をそれぞれの騎士の盾に当て、突進《とっしん》を止める。
両腕《りょううで》に凄まじい荷重が掛かり、筋肉が盛り上がる。そして大きく後退させられる。
だが、壁があと少しというところでロイヤルガードたちの突進が止まる。
盾にめり込むほどに指先に力を込め、全身の筋肉が引き絞られて相手の力に対抗《たいこう》する。
凄まじい痛みに全身が襲われるが、今は無視する。爪《つめ》ははがれた。

鍛えた人間が力を限界まで出せば多少壊れるのは仕方ない。

力で圧《お》す？　二人の連係で追い詰める？

そんなものは、相手が弱い時にしか通じない。

サイクロプスに力で勝負して何になる。

ドラゴン相手に連係して何ができる。

巨大《きょだい》な力には巨大な力か、あるいは特別な何かが必要なのだ。

ロイヤルガードたちの焦りが伝わってくる。

俺より大きな二人は、全力で押しても押し切れないこの状況《じょうきょう》に戸惑っているのだろう。

ゆっくり、俺は前に進む。

拮抗《きっこう》は崩れ、形勢は俺に傾《かたむ》く。

ロイヤルガードの二人がどれだけ力を込めてもだ。

更に前へ。

耐《た》えかねた二人が盾を捨てる。そして再び剣を構えた。

俺はとっさに地面に落ちている逃げた騎士の剣を拾う。

タイミングを合わせてくる二人の斬撃に、上手く剣を合わせるだけで安物の剣は刃毀《はこぼ》れし、ダメになる。

「酷《ひど》い安物だ。こんなものは使うなと言っておけ」

そう言って拾っては振り、壊れては捨て、拾っては防ぐ。

その度《たび》にロイヤルガードたちは後退を余儀《よぎ》なくされ、ついに皇子の元まで押し返される。

「冒険者相手に何をやっている！　仮にもお前たちは帝国の剣なのだぞ！」

「しかし、これほどの強さとは」

皇子が何か喚《わめ》いている。

ロイヤルガードの二人も些《いささ》か戸惑っている。

「これを使う」

「それは……」

はたして皇子が取り出したのは一組の双剣《そうけん》だった。

見るからに呪《のろ》われているような異形《いぎょう》をしている。

「皇帝陛下には後で言っておく。早く殺せ！」

ロイヤルガードがそれぞれ剣を握ると、剣の魔力が使用者を包む。

詳細《しょうさい》は分からないが、特殊《とくしゅ》な武器のようだ。

皇居に封《ふう》じられて、外には出さない禁忌《きんき》の剣といったところか。

ロイヤルガードたちの様子が変わる。

どうやら剣に意識が乗っ取られたようだ。

そしてさっきより遥かに速く動く。

もはや連係などあったものではない。

叫《さけ》びながら斬りかかってくる姿はまるで魔物だ。

「天騎士、ここで死ね！」

興奮して唾《つば》を飛ばしながら皇子が叫ぶ。

後先のことなど何も考えていないのだろう。

馬鹿に権力を与えてはいけない典型だ。

しかし少し面倒になってきた。

俺は剣を躱しながら少しだけ講釈《こうしゃく》を垂れてやる。

「なぁ、この世には三つ力がある。何か分かるか？」

「権力が最も強い力だ。黙れ！」

「権力と財力と、暴力だ。なぁ、俺ばかり天使や悪魔と戦う羽目になって、その大変さがいまいち共有されないんだ」

剣を躱《かわ》す。少しばかり切り傷ができるが仕方ない。

剣筋自体は単調だが速いからな。

「不公平だと思わないか？　俺ばかりがあの重圧を味わう羽目になった」

「何が言いたい」

「お前たちにも味わわせてやりたい。実は時間切れでな。迎えが来ているんだ」

「見られても証人ごと殺せばいい」

「ほぉ、ならやってみるんだな。出てきていいぞ。マステマ」

ひた、ひた、ひた。

足音が聞こえる。

それは夜よりも深く、闇よりも暗い。

深淵《しんえん》からの来訪者。

剣に操《あやつ》られていた二人のロイヤルガードたちすら、手を止め、見入る。

夜の闇から顕《あらわ》れたのは、黒い衣装に身を包み、翼《つばさ》と角を持つ悪魔。マステマだ。


マステマの姿は最初に出会った時と同じだった。

美しい容姿でありながら、威厳《いげん》と恐怖を撒《ま》き散らす夜の支配者。

違いは世界を呑み込む赤い光がない事くらいか。

この世界に適応し、食事や周囲の魔力を取り込み、力は戻っている。

だが、向こうとのリンクが戻らないので赤い光ができないらしい。核《かく》もつい最近治ったようだ。

俺を襲っていたロイヤルガードの二人は、剣に正気を奪われても、脅威は分かるのか俺を無視してマステマに疾走《しっそう》する。

右手に本来の剣。左手に双剣の片割れを持って、大型の獣《けもの》のような勢いと速さで。

「ガアァ！」

喉《のど》が張り裂《さ》けんばかりの雄叫《おたけ》びと共に二人は剣を振り下ろす。

中々の威《い》力《りょく》に速度だ。剣に操られているとはいえ、やればできると褒めてもいい。

だが無意味だ。

二人の剣はマステマの両肩《りょうかた》に当たるも、そのまま弾き返される。

上質の鋼《はがね》を鍛えてつくられた剣は、たった一度マステマの体に触《ふ》れただけで刃毀《こぼ》れする。

人類が生み出せる剣としては上等な部類なのだけど。

魔剣である雷剣ですらマステマとの戦いに耐えられなかったのだから、仕方がない。

悪魔と人間は文字通り力の次元が違う。

それは悪魔がこの世界に適応しようと変わらない。

人類の天敵である。

マステマは億劫《おっくう》そうにロイヤルガードを眺める。

それだけでロイヤルガードの二人、いや操っている双剣はたじろいだ。

怪しいもの同士理解し合えるのだろうか？

いやダメだ。ロイヤルガードたちは再びマステマに斬りかかる。

その度に鋼の剣はボロボロになり、ついに折れた。

止む無く禁忌の双剣の方をマステマに向ける。

両手で握りしめられた双剣は、さっきよりもなお早くマステマに到達《とうたつ》する。

しかし、それをマステマは掴んで止めた。

先端《せんたん》を両手の人差し指と中指で。

ロイヤルガード二人はビクともしない。

「さっきからなんなの。うるさい」

マステマは掴んでいる指先を少し上に向けると、ロイヤルガードたちがそのまま宙に浮《う》く。

巨体が二人で足をバタバタさせる様は余りにも滑稽《こっけい》で、喜劇のようだ。

もっとも本人たちにとっては悲劇でしかない。

マステマはそのまま指先を奥に押し込む。

それは見ている側にとっては何の力も込められてないようにしか見えない。

しかし双剣は呆気なく折れて、ロイヤルガードたちは壁にめり込んだ。

微動《びどう》だにしないが、序列に入る騎士がこの程度では死なないはずだ。多分。

しばらくはベッドの上から動けないかもしれないが……。

一方、皇子は腰《こし》を抜かしている。

なんだ、悪魔を見るのは初めてか？　どうだ怖いだろう。

俺はこれ相手に剣で戦ったんだが。

死にかけたし。

マステマが詰めよってくる。

「遅い。お前が遅いせいで私が使いっ走りにされてしまった」

「悪いな。少しちょっかいを掛けられて足止めを食らってな」

「それでも私を倒した男か。まったく」

どうやら俺を心配した奴隷ノエルたちがマステマを迎えに寄こしたらしい。

悪魔でも胃袋《いぶくろ》を掴まれれば従わざるを得ないということだろう。

「お前みたいに素手でも剣を弾いたりできないんだよ。こっちは」

「人間は脆くて大変だなぁ」

マステマが心底同情する。嫌味《いやみ》ではなく本心なのだろう。

「ところで何でそんな恰好《かっこう》なんだ？　痴女《ちじょ》っぽいから止めろと言っただろ」

「正装だぞこれは……夜の闇が気持ちよくてな。久しぶりに着てみた。よく似合うだろう」

似合いすぎてて困るんだよ。角と翼を出してこの衣装を着たお前は。

「心配するな。ここに来るまで誰にも見られてない」

「だといいんだがな」

皇子は完全に腰を抜かし、両手で後退《あとずさ》りしようとするがそれもままならない。

まぁ正装して力を隠してないマステマを見て気絶してないだけマシか。

「なんだ、なんだそれは」

「私の事を知りたいのか人間？　我が名はマステマ。魔王様に仕える将の一人。敵意と憎悪《ぞうお》を司る悪魔である」

「悪魔、お前があの……」

皇子は必死に距離をとろうとするが、壁に防がれる。

マステマは怯《おび》える皇子に近づき、顔をのぞきこむ。

黒い髪から覗く美しい赤い瞳《ひとみ》が皇子の目を射貫《いぬ》く。

皇子は恐怖で顔が染まり、皇族の証《あかし》である見事な青い髪が一瞬で白くなった。

その姿はまるで老人のようだ。

「お前の魂《たましい》は……まずそうだが、私の足しにしてやろうか？」

「ヒィィ!?」

とうとう泣き喚きはじめた。

ああ、まぁ仕方ないよな。目の前の捕食者《ほしよくしや》からしたら自分は獲物《えもの》にすぎない。

抗《あらが》うこともできず、逃げることもできず、食われるしかない運命。

それも身から出た錆《さび》だ。

ちなみにマステマは人間の魂を食ったりしない。

肉は好きだが、それは普通の人間の嗜好《しこう》と同じものだ。

つまりは脅《おど》かして遊んでいるだけ。

反応が面白いのだろう。

だが、悪魔の中には好んで人間を食べる偏食家《へんしょくか》も存在するらしい。

どうやってか地獄で人間を手に入れるようだ。

さすがにそろそろ止めてやらないと心臓が止まりそうだな。

マステマが皇子の首に手を添えると、皇子はただただ涙を流して動かなくなってしまった。

諦《あきら》めるのも早い。

「勘弁《かんべん》してくれよ。もう職務時間過ぎてるんだぜ」

この声は俺ではない。

いつの間にか俺の隣にいたおっさんが、俺の肩に腕を回していた。

ロイヤルガードの頂点。皇帝直属の騎士。序列一位。

巨人殺しのフォフス。

かつて最も恐れられた巨人族の戦士と戦って勝利した男だ。

どうやら騒ぎを聞きつけてやってきたらしい
「この悪魔の嬢《じょう》ちゃんを下げてくれ。こんな街中で継承権を持つ皇族が死んだら困るんだよ色々と」

「俺は襲撃《しゅうげき》された側なんだが？」

「分かってる分かってる。とはいえお前だって皇族殺しの汚名《おめい》は御免《ごめん》だろ？」

俺はマステマを呼び寄せると、フォフスはマステマの美しさにヒューと口を鳴らした。

「もっと大きくなったらおじさんの好みだなぁ。おっかなくて手は出せないけど」

「お前の好みなど知らん。あとは任せていいのか」

「ああ。まあ仕方ない。こういうことも含めて高い給料もらってるからな、おじさん」

周囲に人が来ないと思ったら、途中から何らかの規制を行っていたらしい。

止めるタイミングを窺《うかが》っていたのだろう。

あるいは……。

マステマが誰にも見られなかったのはこのせいか。

皇帝とは殆《ほとん》ど会ったことがない。何を考えているかは分かりかねる。

俺はマステマを連れて帰る。

あの皇子もこれでさすがに懲《こ》りただろう。

角と翼を消して、人間の姿になったマステマを連れて夜の道を歩く。

全く変な連中に絡まれてしまった。

普通に歩いているが全身が痛い。

「血が出てるぞ」

マステマが俺の指を掴み、血の出ている指先を舐める。

赤い舌が指を這う。血が止まった。

「お前の血はうまいな」

そう言ってすべての血を舐めとる。

思わず蛇《へび》を連想した。

人間を誘惑《ゆうわく》し、堕落させる蛇。

「人は食わないんじゃなかったのか」

「食わないよ。不味《まず》い。だが、お前の血はうまい。天使と林檎《りんご》の味がする」

「なんだそれは」

天剣の副作用だろうか？

確かに天剣を使い始めてから魔力は大きく増えたのだが……負荷《ふか》による魔力増加だと思っていた。

林檎に至っては意味不明だ。

家に着くと家の中は火が灯《とも》されていた。

二人が起きているのだろう。

「お帰りなさいませ、ご主人様」

扉《とびら》を開けると、アーネラがすぐに温めたタオルを持ってくる。

「ああ、ご苦労」

それで顔を拭うと、顔だけ風呂《ふろ》に入ったように、不快感が消える。

「おいアーネラ。ちゃんと仕事はしたぞ」

「ありがとうマステマ、それじゃあ約束のこれ」

そう言ってアーネラが菓子パンを三つマステマに渡した。

マステマはそれを抱えてソファに飛び込み、早速かぶりつく。
ポロポロと食べかすをこぼすマステマにため息が出る。
さっきまでは確かに悪魔としての威厳があったはずなのだが……。
こぼれたパンクズはアーネラが掃除《そうじ》していた。
「遅かったのでマステマに見に行ってもらいました。彼女なら危険はないので」
「ああ、お前らが来ると危ないからな。いい判断だ」
実際助かった。あのままなら面倒な事になっていただろう。
アーネラを労っていると、ノエルがコップに温めたスープをみなの分持ってきた。
どうやら温めなおしていたらしい。
熱々のスープを、喉に流し込む。
熱い液体が喉を通る感覚が堪《たま》らない。
スープを飲んでいる俺を見ていたマステマも、欲しくなったようだ。
俺と同じように一気に飲み込む。
悪魔らしく、熱には強いようだ。
体が温まると、残ったアルコールの効果も手伝い眠気《ねむけ》が襲ってくる。
「寝室《しんしつ》の準備は整ってます」
そう言ってノエルが俺の上着を脱《ぬ》がす。
その間にアーネラが救急箱を持ってきて、露わになった俺の傷の手当てをした。
風呂は……明日でいいだろう。

俺は泥《どろ》のように眠った。
眠りに落ちる直前にマステマの姿が見えたような気がした。
次の日の朝、俺はマステマに関節を極《き》められながら目を覚ますことになる。
マステマの身体《からだ》は柔らかく温かいが、これでは色気もくそもない。
完全にロックされている。自力では外せない。
普段の様子は激変したが、こういうところは変わらないんだよな。
人間の力ではどうにもならない。骨が折れてないだけマシだった。
「起きろ、くそ、起きろ！」
開いた手でマステマの腕を剥《は》がそうとするが、ビクともしない。
ああ、マステマの涎《よだれ》が腕につきそうだ。
マステマの鼻をふさぐ。
するとバカっと口を開け、しばらくむずむずと動くと、ようやく目を覚ました。
目を覚ましたマステマは、俺を見ると少し驚き何か思いついたような顔をした。
「おお、夜這《よば》いか？」
「お前はこの状況でそれを言うのか？」
俺はようやくマステマを引きはがし、タオルでマステマの口を拭く。
マステマは俺にされるがままだ。
俺は涎をふき取ると、体を伸ばした。
関節の音が鳴り響く。

薬湯を染み込ませた包帯のおかげで、傷はもう塞《ふさ》がりつつある。俺は風呂に入ってしまおうと部屋から出ると、マステマが付いてきた。

「お前も風呂に入るのか」

「昨日パンを食べたらそのまま眠くなったから」

「子供かよ」

ノエルに着替えを用意させ、浴室に入る。

火の魔石と水の魔石を魔力で作動させて湯を張る。

「便利だな。よくこんなものを作る。だが普通に魔法で湯を作ればいいんじゃないか？」

「誰も彼《か》もが魔法を使えるわけじゃない。だから俺だってこの歳《とし》で魔道学園に行くんだろうが」

広い湯舟《ゆぶね》に湯が溜まり、湯気が浴室を満たす。

俺は服を脱ぎ、かけ湯で体を洗った後に湯に浸《つ》かる。

毎日湯に浸かる。人に言わせれば相当な贅沢《ぜいたく》らしいが、俺は風呂のない生活は嫌だね。

マステマも風呂に入ると、顔だけ湯から出してリラックスする。

まるで丸めた餅《もち》のような顔だ。湯で温まり頬《ほお》が赤くなる。

「あぁ……地獄でも絶対風呂を作る」

「作ればいい」

「戻るあてはないが。それまではお前が用意してくれよなぁ」

「生きてる間は面倒は見てやるよ。お前を放置すると一体どうなるか怖くて夜も眠れない」

「そんなに私が好きかー。寿命《じゆみよう》を延ばしたくなったら言えよー」

戯言《たわごと》を言うマステマを湯船から出し、髪を洗ってやる。

長い髪は洗うのが大変だ。

普段はアーネラかノエルのどちらかの仕事だが、今は俺しかいない。

こいつは自分では絶対に髪を洗わないからな。

マステマはなすがままじっとしている。

「湯で流してあるのだからいいんじゃないか？」

「せっかく長くて奇麗な髪なんだから、手入れして損はないだろう」

「ふぅん」

悪魔に新陳代謝《しんちんたいしゃ》があるのか疑問だが、食事はしているのだからこういう手間も無駄《むだ》ではないだろう。多分。

風呂から出て身支度を整える。

髪を乾《かわ》かすのはさすがにアーネラたちに任せた。

「他の準備はほとんど終わったのですが……ノウレイズ魔道国への移動手段はどうされますか？」

「ん、そういや言ってなかった。お前らに面白いものを見せてやるよ」

「面白いもの、ですか？　なんでしょう」

俺は四枚のチケットを取り出す。

魔道列車の乗車券だ。

ノウレイズ魔道国が生み出した最新技術の粋《すい》を凝《こ》らした魔道具であり、奴ら曰く最大のおもちゃだ。


魔道列車。魔道具というには大きすぎる。

大型の魔獣並みの大きさで、編成の長さは先端から後ろが見えないほどだ。

大陸中を横断しているとんでもない代物《しろもの》なのだが、これの凄まじいところは線路が必要ない事だ。

先端に取り付けられた巨大な魔石には様々な魔法陣《じん》が刻み込まれており、それが列車の通る道を生成し続けるのだという。大抵《たいてい》の魔物は轢《ひ》き殺してしまうらしい。

列車の走るエネルギーが魔力に変換《へんかん》され、それが道を作る魔石に還元《かんげん》されることで長い距離も走破できるという仕組みだった。

燃料はさすがに燃える石を利用しているらしいが。

「全部この冊子に載《の》っている内容ではないか。偉そうに言うな」

マステマがチケットと引き換《か》えに貰った冊子を眺めながら文句を言う。

「おいおい、この魔道列車を予約するのは大変なんだぞ。もっといい気分に浸《ひた》らせてくれよ」

「大変勉強になりました。ご主人様」

「私たちも乗っていいのでしょうか……」

「払い戻しは不可だ。買った本人しか乗れないようになっている。素直に楽しめ」

ノエルとアーネラは同じ教育を施しているから普段は似たような行動をするが、こういう時には違いが出る。

アーネラは素直に感謝しノエルは、遠慮《えんりょ》がちになる。

中々面白い。

俺たちは既に魔道列車に乗り込んで個室に座っている。

一番上等な席を押さえたのだが、なるほど豪勢《ごうせい》だ。

貴族でも簡単には乗れない。皇女様でも急ぎの用事以外は利用しないそうだ。

ノウレイズ魔道国に着くまでは一日ほど。

帝国との距離を考えればあり得ない速さだ。

フルコースの食事に個室にはシャワーもある。俺たちのいる上級エリアにはバーも設置されていて、無料で酒が飲める。

これも料金込みなのだが、タダ酒という響きは悪くない。

荷物の類は個室の棚《たな》に積めこんだ。

結局荷物は大きめのカバンを一人一つで落ち着いた。

必要なものは向こうで揃えればいいのだ。

武器は天剣、雷剣、火剣のみ持っていく。

すべて鞘《さや》に納めてこれも個室に置いてある。

個室に入れる人間が固定されているので窃盗《せっとう》の心配はない。

まぁ天剣を普通の人間が握ればあっという間にミイラだが。

個室のソファはフカフカで、マステマが跳ねて騒いでいる。

こいつも力の制御《せいぎょ》がうまくなったものだ。

寝ているときは意識してないからああなってしまうようだが、普段は見た目通り少女の力で活動できるようになったらしい。

個室なら他の客を気にする必要もないので遊ばせておく。

さて、喉が渇《かわ》いたな。

水くらいは用意してあるが、せっかくなのでバーにでも行くことにする。

今回はアーネラにマステマを任せてノエルを連れて行く。

不公平にならないようにこの二人もまたあとで連れて行ってやろう。

ドレスに身を包んだ三人は注目を浴びるだろうか。

ノエルには薄紫のドレスを着せており、スカートの下側は薄《う》っすら透《す》けている。

見事な脚線美《きゃくせんび》が映《は》えるデザインだ。

バーでは、獣人のバーテンダーがグラスを磨《みが》いていた。

果物のカクテルがオススメというので、酒精を弱めたものを二つ頼む。

俺は酸味のある果実のカクテル、ノエルは葡萄を使ったカクテルだ。

グラスを受け取り、カウンターを後にする。

「良い旅を」

俺はグラスを掲げる。

きちんと教育を受けているであろう獣人だったが、恐らく用心棒を兼ねているはずだ。

着込んだ礼服の下には、獣人であることを考えてもなお強靭な筋肉が見え隠れしていた。

「美味《おい》しいです」

ノエルに言われ、俺も口をつけてみると、果実の酸味と砂糖の甘みを感じる。

アルコールは微《かす》かに感じる程度だ。

アルコールが苦手なノエルの事を考えてこうしたが、丁度良かったかもしれん。

「アハバイン様、一口飲まれますか？」

「いやいい。お前が飲め」

「分かりました」

ノエルも年頃《としごろ》の少女だ。甘いものが好きなのだろう。

ノエルとアーネラには俺の事を名前で呼ばせるようにした。

ご主人様と呼ばせていては奴隷の印を外した意味がない。

まあ名前でも様付けなのは変わらないが。

ちなみにマステマを含めて三人にはオルブストの姓《せい》を名乗らせることにした。

俺の保護下にあるという事をハッキリさせるためだ。

グラスの中にある輪切りの果実を残ったカクテルと共に口に含み、噛む。

すっぱい果汁が溢《あふ》れ、その後に苦みが残る。

ノエルが差し出した手にグラスを預けると、ノエルもカクテルを飲み干した。

葡萄の実を舌にのせて口に運び、一口噛んで飲み込んだ。

嚥下《えんか》する時にノエルの喉が動く。

陶器《とうき》のように白い肌だ。

「返してきますね」

「ああ」

ノエルがそう言ってカウンターへ向かう。

ヒールを履かせてあるのでいつものようにスピーディには動けないようだが、よく似合っている。

魔道列車の出発時刻が迫っていた。

眺めのいい場所でノエルを待っているが、少し遅い。

様子を見に行くと、ノエルが男に絡まれていた。

身なりからしてどうやら貴族のようだ。

お付きの男たちは止めずにただニヤついている。

バーテンダーがなんとか貴族を宥《なだ》めているが、獣人を下に見ているらしき貴族の男はそれを無視してノエルに迫っている。

ノエルは掴んできた腕を振りほどき、強く拒否《きょひ》すると、貴族の男の顔が見る間に紅潮する。

酔っぱらっているのか？

俺はバーテンダーに近づく。

「お客様、申し訳ありません、お連れ様が……」

「いい、それよりもこれを持っていくぞ」

俺は氷水の入った容器を掴むと、ノエルの方へ向かう。

ノエルと貴族との間は一触即発《いっしょくそくはつ》のような空気になっていた。

ノエルは自分の身を守れるくらいの訓練は受けているし、いざという時は躊躇《ちゅうちょ》するなと教えてある。

ノエルは掴みかかってきた貴族の男の腕を掴み、足を引っかけて転ばせ、立ち上がれないように胸を踏みつけた。

力が弱くてもできる素晴らしい動きだ。

慢心《まんしん》していた貴族の男は、慌てて取り巻きにノエルを抑え込めと指示する。

さすがにバーテンダーもこれには黙っていられないと動こうとしたが、俺が制止した。

取り巻きたちがノエルに近づく前に俺がノエルの隣に立つ。

「アハバイン様。申し訳ありません」

貴族を踏みつけたままノエルが謝る。

突然《とつぜん》出てきた俺に取り巻きたちはビビったのか、足を止める。

俺は氷水を貴族の男の頭にぶちまけた。

「何をする！　私を誰だと思っているんだ。ちょっと美しいからと声をかけただけで！」

足蹴《あしげ》にされている状態で凄まれてもなぁ。

まあノエルが絶世の美少女なのは俺も認めるところだが、手を出したことを許した覚えはない。

俺ですらまだ手をつけてないというのに。

「お前の名前は？」

「チッ、平民がなぜこんな場所に……いいだろう。教えてやる。私は帝国の名誉ある貴族、カルトフェル男爵《だんしゃく》である！　分かったならこの足を退けてその女ともども頭を下げよ！」

「そうかそうか。男爵様ね」

俺は皇女様から貰った一枚のカードを男爵様に見せつける。

それを見た男爵の顔色が一瞬で真っ青になる。

「わ、分かった。私が悪かった。す、すぐに消える。足を退けてくれ、ください」

ノエルが足をどかすと、男爵は慌てて通常エリアに逃げていった。お付きの連中は首を傾《かし》げながら、貴族を追いかけていった。

権力を笠《かさ》に着る者は、より強い権力に勝てないものだ。


ノエルがドレスについた汚れを払う。

幸い高級なドレスに汚れがない事にノエルはほっとしている。

「はぁ。ああいうのに絡まれたくないから高級座席の方にしたんだが」

獣人のバーテンダーが申し訳なさそうに近づいてくる。

「申し訳ありません。お客様。あの貴族様にはこちらは利用できないとお伝えしたのですが……お連れ様にもご迷惑を」

「気にするな。アンタが力尽《ちからず》くでどうこうしようとすれば、あの貴族がすぐにペシャンコだ」

「少しばかり猶予《ゆうよ》を取りすぎました。反省いたします」

バーテンダーが頭を下げる。

魔道列車の乗客はみなそれなりに地位か金のある人間だ。

扱いが難しいのは分かる。

まあ次からは俺が割って入らなくても大丈夫そうだ。

このバーテンダーなら威嚇だけでどうとでもできるだろう。

「お詫《わ》びと言ってはなんですが、こちらをお持ちください」

バーテンダーが一本のワインボトルを差し出してきた。

帝国産のワインのようだが……。

ボトルはキンキンに冷やされている。

大抵のワインは飲んだことがある。だがありがたく貰っておくことにする。

ボトルを手にとりラベルを眺めると、俺は久しぶりに心臓が高鳴った。

「いいのか？　これはそう簡単には手に入らないだろう。下手すればこの魔道列車のチケットよりも」

「構いません。本来は何度も乗って頂いたお客様にお出しするものですが……どうぞお持ちください」

そう言ってバーテンダーはグラスも用意してくれた。

「あの、アハバイン様。このワインはそんなに貴重なものなのですか？」

「ノエルは知らないか。いや当然だな。貴重すぎて知られていないワインだ」

このワインは、凍《こお》った葡萄から凍らせたまま採れる僅《わず》かな果汁から作られた貴重なものだ。

帝国内で、冬季に葡萄が凍り付くほどの寒さになる場所は少ない。

その中で営まれる葡萄園は当然少なく、採れる葡萄の量は限られている。

凍り付いた葡萄は水分が凍り、葡萄のエキスだけが採れる。量が劇的に減る代わりに甘みが凝縮《ぎょうしゅく》され、その果汁で作られたワインは甘く香り高い。

毎年一〇本に満たない僅かな量がこうしてラベリングされ、好事家《こうずか》の間で取引される。

俺も飲んだことは一度しかない。皇女様との食事の席で。あまりにもうまくてどうにかして手に入らないか調べたんだ。

残念ながらその時は手に入らなかったが……金ではなくコネがなければ手に入らない代物《しろもの》だったということか。

ノエルが感心しながら耳を傾《かたむ》けている。

聞き上手だ。

「少し気が引けるが、頂こう」

「ええ。グラスもボトルも出る際に部屋にそのまま置いておいてください。ボトルはお気に召したならお持ちいただいても構いません」

俺はアイスワインを、ノエルはグラスを持つ。

残った二人にいい土産ができたな。

「ああ、そうだ。一仕事頼んでいいか？」

「何なりと」

「フルーツの盛り合わせを持ってきてくれ」

アイスワインのつまみにはフルーツやデザートが適している。

皇女様からの受け売りだ。

バーテンダーはすぐに用意します、と言ってバーに戻った。
周囲には他の客の姿が見え始めた。
さて、個室に戻るか。
空いた手でノエルの肩を抱き、個室に戻る。
そうして魔道列車が動き出す。
個室に戻ると、赤いドレスを着たマステマがアーネラに膝枕《ひざまくら》されて寝ていた。
青いドレスを着ているアーネラは窓を眺めながらマステマの髪を撫でている。
まるで妹にするような、優《やさ》しい手つきで。
「お帰りなさいませ、アハバイン様」
「ああ、いいものが手に入ったぞ。マステマは……そのうち目を覚ますだろう」
ワインの匂いで目を覚ますことは目に見えていた。
ノエルがテーブルにグラスを並べる。
俺はワインの封を開け、コルクを抜いた。
そしてグラスに注ぐ。
ボトルは小さく、四つのグラスに半分も注げばなくなってしまった。
甘い香りが部屋に満ちると、マステマが目を覚ました。
起きた拍子《ひょうし》にドレスが乱れて足が露わになるが、アーネラがすぐに直す。
「甘い香りがする。その飲み物からか」
マステマが嬉しそうに鼻をグラスに近づける。

俺たちはワイングラスを持つ。

「これからの旅路に、乾杯」

グラスの腹同士を軽く合わせる。チンと音が鳴る。

そしてゆっくりとアイスワインを口に入れる。

香りが口内に満ち、ワインとは思えないほどの甘口《あまくち》の味わいが広がる。

少量飲んだだけで、無駄な力が抜けていくような感覚がする。

深い味わいに舌が集中しているのか。

酒精はそれなりだが、この量ならば気にならない。

ノエルやアーネラも驚いてグラスに入った液体を見ている。

マステマは半分ほど一気に飲むと、気に入ったのかそのまま全部飲み干してしまった。

味わうという事を覚えさせるべきだった。

マステマは届いたフルーツを摘みながら、アーネラから分けてもらったアイスワインを楽しんでいた。

列車の乗り心地は良かった。馬車のような揺《ゆ》れがない。

ただ景色が高速で流れてゆく。

運ばれる食事も上等なものだった。

マステマには食事をしながらテーブルマナーを教えた。

たまに揺れるのは魔物を轢き殺した時の衝撃だろう。

しばらく優雅《ゆうが》な旅が続いたが、夕方に差し掛かり世界が赤色に染まる頃、少しトラブルが起きた。

やれやれ、平和な旅が良かったのだが。

個室の窓から移り行く景色を俺たちは眺めていた。
他の客と交流する気にはならない。
金持ちやら貴族が大半だし、そういう付き合いは飽きた。
話が合うような人間はそもそもこの魔道列車には乗らない。
暇《ひま》をつぶすだけなら景色を眺め、ここにいる面子《めんつ》で駄弁《だべ》るだけでも十分だ。
気分転換《てんかん》したくなれば外に出ればいい。
太陽が沈み、空が赤く染まる。
魔道列車から見える赤い空の景色は、中々鮮烈《せんれつ》な景色だった。
その景色を眺めていたら、一瞬、視界が黒くなった。
強烈《きょうれつ》な違和《いわ》感がなければ気付かなかったほどだ。
ふと個室を見るとそこにいたはずのアーネラの姿が消えていた。
ノエルはそれに気付いていないようだ。
「アーネラはどこだ？」
「え？　あれ、いないですね」
指摘《してき》してようやくノエルが気付く。

普段のノエルならすぐに気付いたはずだ。

何かされたな、これは。

マステマを見ると、億劫そうに立ち上がる。

「アハバイン。ちゃんと気付いた？」

「何かされたのは分かったが……アーネラを探さないと」

「上だ」

マステマは上を向く。

そして、そのまま天井《てんじょう》をぶち抜こうとするのを俺は慌てて止める。

「よせ、下手に大事にするな」

「間に合わなくなったらどうする」

「俺とお前がいてそんなヘマするかよ」

「……窓から行く。すぐに来い」

そう言ってマステマは窓を開けて屋根の上へ行ってしまった。

体が小さいからできる芸当だ。

この状況でノエルを一人にするのは危険だ。

一緒に連れて部屋の外に出る。

列車の中は特に変わった様子はなく、乗務員室を覗いたが誰もいない。

バーテンダーは暇そうにグラスを磨いていた。

「乗務員はいないのか？」

「いえ、そんなはずは……どうかされましたか？」

「連れの一人がいなくなった。恐らく屋根だ。どこからか出れるか？」

「上に出るには連結部分に梯子《はしご》がありますが……」

バーテンダーが訝《いぶか》しがる。

それはそうだろう。気持ちは分かる。

だが確かに俺の勘《かん》も列車内ではないと告げている。

「一度上がらせてくれ」

「分かりました。こちらです」

バーテンダーに梯子まで案内してもらう。

俺がまず上り、バーテンダーも確認のため上り、最後にノエルが上る。

女性の下から上るのはマナー違反《いはん》だからな。

ドレスだから上りにくそうだ。

途中で手を掴んでノエルを引き上げる。

「ありがとうございます」

「ああ」

列車の屋根の上は強い風が流れている。

ノエルが裾《すそ》を押さえながら付いてくる。

列車の先頭付近ではマステマが赤いドレスをなびかせながら立っていて、その先で男がアーネラを抱えていた。

アーネラの首筋には血が流れていた。

青いドレスに血が垂れている。

これは……吸血鬼《きゆうけつき》か。

男は乗務員の格好をしている。

成り済ましたのか、もぐりこんでいたのか。

吸血鬼は悪魔とは違う意味で人間の天敵だ。

血を吸い、意識を操り、配下を増やしていく。

更に血を通して力も吸い取る。

かつては吸血鬼が明確に人間の脅威となっていた時代があった。

吸血鬼の王国があったと言われる時代だ。

だが、吸血鬼は悪魔とは違い、あまりにも人間に近づきすぎた。

悪魔ほど強くも優位性もない中、人間は自らを滅《ほろ》ぼす敵に対して、どこまでも容赦《ようしゃ》がない。

教会を中心とした聖軍が結成され、吸血鬼の王国は全《すべ》て焼き払われた。

その時に聖軍が手に入れた聖遺物が天使召喚に繋がったのだから、吸血鬼は俺にも迷惑をかけていることになる。

ほとんどの吸血鬼は討伐されて、僅かに生き残った個体が身を隠して生きていると聞いていたのだが……。

俺が前に出ようとするとマステマが制止してきた。

「お前、本調子じゃないだろ。ノエルを守ってればいい」

「すまん」

俺は下がった。

実際まだ完全に調子は戻っていない。

「お客様、これは……」

「吸血鬼だ。まああいつに任せておけばいい」

「吸血鬼！　警備を呼んでまいります」

俺は止めずにバーテンダーを行かせた。

むしろこの場にいない方が安全だからだ。

マステマが吸血鬼に向き直る。

「おい、アーネラを放せ。それは私の世話役だ」

「――お前の匂いはなんだ？　嗅《か》いだことがない」

「滅び損《そこ》ねた種族め。私は気が短い。もう一度だけ言う。アーネラを放せ」

「断る。こんな極上の獲物が近くにいて我慢できるか」

男は下品にアーネラの首筋を舐めた。

アーネラは気を失っているようだ。

「私は私のものに手を出されるのが一番嫌いなんだ」

アーネラはお前じゃなくて俺のものなんだが……。

しかし、吸血鬼はなぜこんな真似を。

俺が考えていると、マステマが前に進む。

吸血鬼がアーネラの首に手をかけようとするが、その手が斬り落とされた。
マステマが視線だけでやったことだ。
斬り落とされた手を吸血鬼がまじまじと見る。
だが、再生しない。再生力に優れる吸血鬼だが、それが完全に無効化されている。
傷口の表面には黒い火が上がる。
「これは……お前は」
マステマは吸血鬼の目前に迫り、その小さい手で頭をわしづかみにした。
吸血鬼は信じられないといった顔で目を見開いている。
「悪魔？　話と違う。謀《はか》られた？　馬鹿な、私が」
そのままマステマの手から立ち上る黒い火が吸血鬼を頭から焼き尽くす。
黒い火はアーネラを器用に避けていく。
マステマは自由になったアーネラを抱える。
全てはマステマの意思一つだった。
人間の天敵という同じ立場でありながら、圧倒《あっとう》的な格の違い。
その様子を、一羽の鳥がじっと眺めていた。
より近くに迫ろうとした瞬間、雷が鳥を焼いた。
俺だけがその鳥が落ちていく様を眺めていた。

――ノウレイズ魔道国　某所《ぼうしょ》にて。

片目眼鏡をかけた老年の男性が、何やら集中している少女に近づくと声をかける。

その声には些か興奮が含まれていた。

「どうだ？　確認できたか？」

「ああ、間違いないね。王国で召喚された悪魔だ。実証として吸血鬼をぶつけてみたが相手にならない。しかも地獄の火も確認できた」

「元より弱すぎて見過ごされるような下級の吸血鬼だ、仕方ない。だが我々の同志は成功した、と」

「ああ、そのようだ。王国の召喚時点で地獄からの侵食《しんしょく》と悪魔の魔力は確認していたのだが、ようやく確証がとれたね」

膝下まで届くほどの髪の長い少女は、片目を閉じたまま喋《しゃべ》る。

「本当ならばあの時は目視確認したかったのだが……」

「それでは巻き添《ぞ》えを食らう。実際同志は召喚直後に死亡した。あの時はあれがベストだった」

老年の男は納得しかねている。

「それはそうだが、結果的にあの場所で何が起きたのかが観測できなかったのが惜しい」

「確かに。地獄からの侵食が止まった事で、以前なされた天使召喚のように悪魔も滅《めっ》されてしまったと思ったのだが……おや」

少女が閉じていた片目を開ける。

「どうした？」

「バレてしまったね。思った以上に厄介《やっかい》だ。帝国の冒険者」

「にわかに信じられんな……その冒険者が悪魔を従えているのだろう？　天使も滅したというし」

「ふふ。人間にできる芸当ではないねぇ。だが天使討滅《とうめつ》に関しては種が割れている。創世王の武器が使われた形跡《けいせき》がある。悪魔をどう倒したかについては情報がないがね」

老年の男は目を瞠《みは》った。

「まだ創世王の武具が現存していたのか。しかしそれを使うとはなんという。貴重なアイテムが失われたな」

「冒険者はそんな事を気にしないさ。使えるものは何でも使う。ある意味我々と同じ合理主義者だ」

少女がクックッと笑う。少女も少しばかり興奮しているようだ。

老年の男は小さくため息を吐く。

「あんな粗野《そや》な輩《やから》と同一視してほしくないが……悪魔がこの国に来るのだな」

「ああ。それもただの悪魔じゃない。地獄に爵位《しやくい》を持ち、領地を持つ。魔王に近しい存在だ。素晴らしい研究素材だよ」

「準備を進めねばならない。我々の崇高《すうこう》な目的のために」

「もちろんだ。同志は悪魔を呼び込むだけで満足だったようだが、我々は違う。我々の目的はそう、悪魔の力そのものさ」

「然《しか》り。もはや人の可能性は模索《もさく》し終えた。更なる進化が必要なのだ。天使は神のしもべ故《ゆえ》に天使の力を得れば神に従属してしまう。だが悪魔ならば」

二人は笑う。それは研究者としての笑みか、欲望者としての笑みか。

深淵を覗く時、深淵もまたこちらを覗いているのだという事実を、この時二人は認識していなかった。


——魔道列車内部。

吸血鬼の死体は灰になって消え、衣類だけが残された。

マステマに殺された吸血鬼は大した情報を残さなかった。

俺たちは列車の屋根から客車内に戻った。

ちょうど駆けつけてきたバーテンダーが警備と共に司祭も連れてきたので、司祭にアーネラの治《ち》療《りょう》と呪いの祓《はら》いを依頼する。

アーネラの血を吸った吸血鬼自身が死んだので、大した影響は残っていないだろうが念のためだった。

ノエルに介護《かいご》を任せ、俺は警備の人間に話をきく。

マステマはアーネラの傍《そば》についていた。

警備の人間の話によると、乗務員は半年ほど前に魔道列車に乗るようになったらしい。

陰気《いんき》な人間だったようだが、仕事に支障はなく問題もなかったようだ。

バーテンダーとも話をしたが、思い返すと確かに日の光を嫌がっていた節はあったという。

吸血鬼が乗務員として潜伏《せんぷく》していたのは間違いない。

この乗務員の時だけ、たまに貧血を起こす女性客がいたが、列車に酔ったのだろうと処理されていた。

上手く溶《と》け込んでいたようで、このまま過ごせばあと何年かは安泰《あんたい》だったように思うのだが、恐らくそうできない事情が起きたのだ。

それに、マステマをじっと見ていたあの鳥も気になる。

帝国では魔導士が使い魔を使うことはほとんどない。

使い魔に魔力を使うくらいなら自分で魔法を撃《う》つ魔力に回すからだ。

それに対してノウレイズ魔道国の魔導士は、使い魔を持つことが一つのステータスとなっているようだ。

視覚や聴覚《ちょうかく》を共有することもできて、非常に便利らしい。

あの時の鳥は普通の鳥の挙動とは思えなかった。

誰かが吸血鬼とマステマの戦いを覗き見していたのだろう。

問題はそれが誰かという事だ。

全く厄介事はどこでも起きる。

しかし使い魔か。

学園に入学すれば俺も持つことになるのだろうか。

俺はこれ以上世話をする存在を増やしたくはないが。

マステマが使い魔なら丁度いいのに。

マステマが顔を上げる。

不機嫌《ふきげん》な面《つら》だ。
「おい、何か今不埒《ふらち》な事を考えたか？」
「おお、さすがに悪魔は勘がいいな」
「別にお前ならある程度許容してやってもいい。きちんと言葉に出すなら」
そう言って釘《くぎ》を刺《さ》してきた。
頼みがあるならちゃんと言えという事だろう。もっともだ。
アーネラの意識が戻る。
少しだけぼんやりとしていたが、聖水で清められると意識もはっきりしたようだ。
慌てて俺に謝ろうとするが、気にするなと言う。
俺は司祭に礼を言い、心付けを渡した。
司祭は一度断ったがお布施《ふせ》だと言うと、今度は受け取った。
バーテンダーの証言もあり、俺たちは警備からも解放された。
外はすっかり夜だ。
窓からの景色も暗くて楽しめたものではない。
俺たちは個室に備えられたベッドで寝ることにした。
明日は、いよいよ目的地、ノウレイズ魔道国に到着《とうちゃく》だ。
俺は久しぶりに心を躍《おど》らせて眠った。

早朝、ノエルとアーネラがそっと起きてベッドから出て着替えをする。

音や気配に敏感《びんかん》な主人を起こさないように静かに、しかし手早く。

マステマは相変わらずアハバインにしがみ付き、アハバインはうなされている夢を見ているのか無意識にマステマを押し退けようとしている。

落ちている毛布を掛けなおすと、二人は部屋を片付ける。

とはいえ、家にいた頃とは違いそこまで仕事があるわけではない。

すぐにやることがなくなり、困ったように二人で笑った。

太陽の日差しが部屋に差し込むまでまだもう少しかかる。

二人は部屋から出てバーテンダーのところへ行く。

昼にいた獣人とは別の人がカウンターを磨いていた。

昼夜問わず開けていると聞いていたが、それは確かだった。

「どうかされましたか、お客様」

細身のバーテンダーがノエルとアーネラに声をかけてきた。

「紅茶はありますか？　なければお湯だけ欲しいんですが」

「各国のお茶をご用意できますよ。何人分用意致しますか？」

「では帝国産の紅茶を四人分と、なにか軽いお茶請けを」

「すぐ御用意いたします」

バーテンダーは火の魔石を使った炉《ろ》で水を沸《わ》かす。

火の魔石による熱伝導率は高い。すぐにお湯が沸くが、その間にバーテンダーはポットやカップ、紅茶の葉を準備していた。

「こちらで葉を入れますか？」

「いえ、そのままで」

「かしこまりました。それではこちらをお持ちください」

バーテンダーが湯の入ったポットと人数分の空のカップ、ソーサーを用意する。そして一番大事な紅茶を入れるための丸い形のポットを取り出してきた。

高級なポットだが、魔道列車のバーを利用する客相手なら貸し出すのも問題ない。

お茶請けとして乾燥《かんそう》したイチゴを練りこんだパンももらった。

部屋に戻ると、マステマの寝ている位置が変わっていた。

ノエルが丸いポットにまずお湯を入れる。少し待ってポットを温める。

温まったら一度湯を捨てて次に茶葉を入れる。

四人分ではなく、ポットのための一杯を加えて五人分入れる。

不思議なもので、こうした方が綺麗《きれい》な色が出る。

ポットの中のお湯は沸騰《ふっとう》した温度のまま保温されている。

それを茶葉の入ったポットに注ぐことで対流が生まれ、茶葉が湯によって温まり、ゆっくりと舞う。

そうするとポットから漏《も》れた紅茶の香りが室内に満ちていく。
砂糖とミルクを用意し、ソーサーの上に置いたカップに紅茶を注ぐ。
湯気と共に茶葉から抽出《ちゆうしゆつ》された奇麗な紅《あか》い色の液体が注がれる。
その匂いでマステマが目を覚ます。
起き上がるときにアハバインの顔に思いっきり手を置き、立ち上がった。
アハバインはどうにも悪夢を見ているのか、少し顔がこわばっている。
「おはよう」
マステマは目を擦《こす》っていたので、アーネラが湯で濡《ぬ》らしたタオルで顔を拭ってやる。
「ご苦労～」
そう言いながらマステマが注がれた紅茶の前に座る。
度重なる諫言《かんげん》のお陰《かげ》で、マステマは待てができるようになった。
紅茶が冷める前にノエルがアハバインを起こす。
冒険者の性《さが》か、揺すった瞬間に目を覚ます。
マステマに絡まれているときは目を覚まさないのに不思議だ。
ノエルも湯で濡らしたタオルをアハバインに渡す。
「毎朝助かる」
ノエルは会釈を返す。ノエルにとってはこうした給仕は当たり前の事だからだ。
マステマはミルクと砂糖をマシマシで入れる。
アハバインはミルクだけを入れていた。

二人が紅茶を口にしたのを見てノエルとアーネラも紅茶を飲む。

乾燥したイチゴが練り込まれたパンは多めにもらったのだが、マステマが半分ほど食べてしまった。

それを予想して多く貰っていたので、予定通りだ。

アハバインも食べた瞬間感心していたので、かなり当たりだったようだ。

ノエルとアーネラも食べてみたが、大変美味だったので二人でレシピを相談する。

しばらく後になるだろうが、落ち着いたら再現するためだ。

こうやってレパートリーを増やせば役に立つ。

二人はマステマの着替えを手伝う。

アハバインは結局貴族でもないのに手伝われるのはなんかいやだ、という理由で手伝いは不要だ。

そうしていると太陽の日差しが完全に部屋に入る。

窓を開けると早朝特有の澄《す》んだ空気が入ってきた。

魔道列車は魔物を轢く時以外は騒音《そうおん》がしない。

しばらく朝の景色を四人で眺める。

マステマが真っ先に飽きて、アハバインの頭の上に陣取《じんど》って本を読み始めた。

アハバインはなんとかどかそうとするが、ちゃっかり悪魔の力を使い微動だにしない。

アハバインは諦めてそのまま窓を眺め続ける。

朝食の時間になればノエルとアーネラがワゴンから運ばれた皿を手際よく配膳する。

本来ならばワゴンを押してきた乗務員の仕事なのだが、働くことが染みついている二人には関係なかった。実際乗務員よりも手際がいい。

乗務員もすぐに次の部屋に行けるから文句はない。

アハバインは冒険者とは思えないほど行儀よく食べる。皇女との食事でテーブルマナーを学んだと言っていた。

マステマも食い意地ははっているが食べ方は奇麗だ。

ただ口が小さく、ソースが口の端に付くたびアーネラが拭き取らなければならなかった。

やがて食事も終わり、食器も片付けられ、紅茶の道具も返却《へんきゃく》した。

ワイングラスもだ。

ワインボトルは記念として貰うことになった。

それから少し時間が経過すると魔道列車が大きな結界を抜け、ついに目的地に到着したのだった。

番外編　仕えるべき主人

私とノエルがご主人様の元で暮らすようになって三か月ほど経《た》ち、ようやく気持ちに余裕《よゆう》が持てた気がします。

満足してもらえる奉仕《ほうし》をしなければと気持ちを新たにしました。

よく観察しなければ。何が好きか嫌《きら》いか。日々の行動から人となりが分かります。

それに一人ならともかく、ノエルも一緒《いっしょ》ですし。

協力していけば十分な結果を出せると思っています。

仲の良いノエルが一緒で良かったと心底思いました。

夜も一緒に奉仕する事になれば、やはり少し気まずいかもしれないけど。

あそこでは表立って揉《も》めることはありませんでしたが、ノエルにも私にも仲の悪い子はいます。

もし一緒に買われれば不和が起きたかもしれず、そうなれば自分の首を絞《し》めることになったに違《ちが》いありません。

そうならなくて良かったというのが本音です。

ご主人様に付いていくと、時折こちらを見ているようでした。

どうやら髪《かみ》を見ているみたいです。

ノエルも私も髪が長い。

もしかしたらそれが決め手になったのかもしれません。

毎日手入れを欠かさない自慢《じまん》の髪なので、それが認められたのならば嬉《うれ》しいです。

それから私たちのために必要な物を買い込《こ》むことになりました。

立ち寄ったのは大商会の本店でした。帝都《ていと》でも名の知れた……カーガン商会もお世話になっている商会です。

気軽に入れないお店だと思うのですが、まるで気にせず主人は入っていきました。

すると店員が文字通り飛ぶようにしてこちらへ歩いてきました。

扱《あつか》いから見てもお得意様のようです。

私たちに必要なものをという事で女性、それもそれなりの立場の人が横に付いてくれることに。

普通《ふつう》の奴隷《どれい》だと下手すると恐縮《きょうしゅく》して何も買えないかも。

「いるものは全部買え」

そう言って私たちに買うものが委《ゆだ》ねられました。

さすがに予想していなかった事態にノエルと小声で相談します。

そうしている間に主人は来客用のソファーでくつろぎ始めました。

本当に任されたようです。

「えっと、どうする？」

「言われた通りにするしかないよ」

「いいのかな……」

「買えと言われたんだし、ね」

勝手なものを買うわけにもいかないので、逐一《ちくいち》何を買うか報告します。

やや鬱陶《うっとう》しがられましたが、後から不評を買うよりはマシと判断しました。

ですが、聞きに来る時間が無駄《むだ》と追い払《はら》われてしまいました。

余計なものを買うという心配はないようです。

身の回りのものから、家の維持《いじ》に必要なものまで。

事前に勉強していたことが役立った瞬間《しゅんかん》でした。

予習はしておくものです。

下着類も、たくさん買いました。

どういうものが男性の好みかは一応知っていますが、主人がそれと合致《がっち》するかは分かりません。

こればっかりは反応を見ないと。

結果的に山のような商品になってしまいました。

主人はついでとばかりに女性服を大量に追加するように店の人間に伝えていました。

どうやら私たちで着せ替《か》えもしてみたいらしいです。

それが役目なら、喜んで。

消耗品《しょうもうひん》も定期的に家に届けてもらえることになりました。

どう見ても特別待遇《たいぐう》で、奴隷である私たちにも丁寧《ていねい》に接してくれました。

改めて凄《すご》い人の所に買われたと思いました。

貴族だって一度にこんなに買い物はそうはしないですし。

それもすべて家に届けてくれるといいます。

奴隷に荷物を持たせるとかそんな水準ですらないです。

ノエルは少しばかり引いていました。

表情には出していませんが、付き合いの長い私は分かります。

割と似たような気持ちだし。

金遣《かねづか》いが荒《あら》いのでしょうか、それともそれだけ使ってもまだ余裕があるのでしょうか。

高級奴隷であるからこそ、お金の大切さは理解しているつもりです。

家計の管理はノエルが得意ですが、私も少しはできます。

無尽蔵《むじんぞう》のお金なんてあるはずがないので少し心配です。

店を出て再び主人の後ろに付いていきます。

周囲の視線がこちらへ集まるのを感じました。

私とノエルにも視線が向けられていますが、それ以上にご主人様に向けられているようです。

周囲の人が挨拶《あいさつ》をすると気さくに返していました。

かなりの有名人のようです。

帝国で有数の冒険者《ぼうけんしゃ》だからなのでしょうか？

家に向かうと思ったら、もう一つ寄るところがあると伝えられました。

何処《どこ》であろうと付いていきますが、何処だろう？

なるべく明るく返事をしました。笑顔《えがお》を絶やさず。

これくらいは大変でもなんでもないですし。荷物も持っていません。

行先は金貸し屋でした。

確か高利で有名な場所のはず。

さすがに使いすぎたのでお金を借りるのかなと思っていると、ノエルが目配せをしてきました。

迂闊《うかつ》な事は言えないので何も言わずにおきます。

中に入ろうとすると、ご主人様に声を掛《か》けてくる人物がいました。

どうやら彼《かれ》も冒険者のようです。仲間の女性の方が少し怖《こわ》く感じました。

相手はご主人様であるアハバイン様よりも、分かりやすく冒険者らしい感じがしました。

向こうはご主人様に対して色々と思うところがあるようで、少し突《つ》っかかる感じに見えます。

しかしご主人様であるアハバイン様は特に気にもしていない様子です。

話は私たちの事に移りました。

名前を呼ばれたので挨拶すると、からかうように絡《から》まれたので失礼にならない程度に対応しました。

勧誘《かんゆう》だったようですが、ご主人様はあっさりと断りました。いい話に聞こえましたが、魅力《みりょく》は感じなかったという事でしょう。

相手が帰ったあと一応誰《だれ》だったのか聞いてみると、帝国最大のパーティーを率いる冒険者とのことでした。

そのような人物にも一目置かれているなんて素直《すなお》に凄いと思います。

結果を出している証明ですから。

改めて店の中に入ると、甘《あま》い香《かお》りが漂《ただよ》ってきました。

受付には美しい女性が座《すわ》っており、アハバイン様は椅子《いす》に座ります。

ノエルと私は姿勢を正して左右の少し後ろに控《ひか》えます。

仕事はもう始まっています。

お供として粗相《そそう》があってはなりません。

話を聞く限り、どうやらお金を借りに来たわけではなかったみたいです。

それどころか、僅《わず》かな手続きの後に利子として大金を受け取っていました。

金貸しにお金を貸す。金主というやつですか。

その総額は高級奴隷二人分よりも更《さら》に多いものでした。

私たちに使った以上のお金でした。

アハバイン様は色々と説明してくれました。

冒険者はすぐにお金を使い果たす人たちだと思っていただけに、堅実《けんじつ》な運用をしていたのは意外というかなんというか。

それも桁外《けたはず》れの額です。

利子でこれなら元金はどれだけなのでしょうか。

怖くてとても聞けませんでしたが。

しかもこれからは私かノエルが回収する事になると聞かされ、更に驚《おどろ》くことになりました。

あの金額を私たちで運ぶのかとノエルと目を合わせます。

同じ事を思ったようで、ノエルは目をパチパチさせていました。気持ちは分かります。

でも私たちは命令を遂行《すいこう》する奴隷です。

やれと言われたことをやるのみですが、でもちょっと不安はあります。

強盗《ごうとう》に襲《おそ》われたらどうしよう。

ようやく家に向かうことになり、しばらく行くと高級住宅が並ぶエリアに入りました。

これくらいではもう驚きません。

ある程度は予測していました。

お金は今まで使う機会がなかっただけで、蓄《たくわ》えたり貸したりしていたものを今ようやく使っているのだという印象を受けました。

このエリアでは防犯のために警備が雇《やと》われているとのことで、彼等《かれら》に会釈《えしゃく》をして慌《あわ》てて主人から離《はな》れないように付いていきました。

警備の人は元冒険者らしく、アハバイン様を尊敬しているようでした。

憧《あこが》れの相手という感じでしょうか。

アハバイン様は、パーティーを解散してそれまで使っていた拠点《きょてん》を清算したので、新しい家を買ったと言いました。

その家の管理が私たちの仕事になります。

もちろん、主人の世話も含《ふく》めて。

そして辿《たど》り着いた家は、立派という他ありませんでした。

奴隷含めて三人が住むと考えても広く、五、六人でも快適に過ごせると思います。

確かにこれは管理する人間が欲《ほ》しいのも分かります。

一人では掃除《そうじ》だけで日が暮れてしまいそうです。

アハバイン様が扉《とびら》を開けました。

驚くべきことに鍵《かぎ》が掛かってません。

その事を尋《たず》ねると、この家自体に防犯機能があり、登録してある人間だけが家の中に立ち入れるということでした。

「ここ、普通の家ですよね？」

「そうだが……どうかしたのか？」

何でもないように言われましたが、こんな機能は王族の部屋などに使われるもので、ごく普通の家にあるようなものではないはずです。

でも、既《すで》に規格外なことを何度も見せつけられて慣れてしまったのか、そんな疑問もすんなり受け入れられました。

中に入ると、私は思わず感嘆《かんたん》の声を上げました。

最新の魔道具《まどうぐ》や設備が備え付けられている。

間取りも良く、日当たりも良好で、素晴《すば》らしい空間になりそうでした。

インテリアなどはまだ設置されてないですが、飾《かざ》り付ければ華《はな》やかな空間になるのは間違いありません。

この家を好きに弄《いじ》れるのなら、それだけで楽しい事になりそうです。

また、いろいろ調べてみるとどうやら火も水も全《すべ》て魔道具で賄《まかな》う仕様になっているようでした。

幾《いく》らかかったのか軽く算出してみると、ノエルと一緒に呆《あき》れました。

高級奴隷は家より高いと言われているはずなのですけど。

おもむろに金庫が開けられ、さっきのお金を仕舞《しま》いました。

「金庫はここだ。金が必要な時はここからとるようにしてくれ」

「……私たちが扱っても宜《よろ》しいのですか？」

「そうしないと俺《おれ》がいない時に金が必要になったら困るだろ」

確かにそうだけど、そうだけれども。

器が大きいのか、それとも気にしていないのでしょうか。

鍵も渡《わた》されました。管理も含めて私たちの仕事のようです。

裏切る可能性などは考えないのでしょうか。さすがにこれは無防備すぎます。

アハバイン様がソファーに座ったので、一先《ひとま》ず待機します。

自分だけ座っているのが気になったのか、アハバイン様は私たちも座るように指示されました。

「一応魔法も使えるんだよな？」

「簡単なものは習いました」

「私は補助系統を少しですが……」

「ほう。高級奴隷というだけあって多芸だな」

アハバイン様は感心していました。

とはいえ、本当に少ししか使えません。

知識はともかく、戦う力がある事は基本的に好まれません。

いざという時反抗《はんこう》されたくないからです。

もっとも帝国最強の冒険者なのですから、私たちの反抗など考える必要すらないのかもしれませんが。

ここにあるものは全て最高の品質でした。

魔道具から、食器から、至るものすべて。

「どうだ？　扱えそうか」

「はい。事前に扱い方は習ってます」

「ほう」

アハバイン様はそれを聞くとニヤリと笑いました。

これは人を試《ため》す時の笑いだなと思いました。

「じゃあアーネラ。湯を沸《わ》かしてみろ」

「分かりました」

やはり指示されました。

台所の構造はどこもそう変わらないはず。

早速《さっそく》移動してみると、必要な道具は揃《そろ》っていました。

湯を沸かすために棚《たな》からポットを取り出し、水を出す魔道具の下に持っていきます。

そして稼働《かどう》させると、澄《す》んだ水が流れ始めました。

ポットが一杯《いっぱい》になれば今度は火の魔道具の上に置き、稼働させます。

とにかく楽でした。水を汲《く》まなくても薪《まき》を焚《た》かなくてもいいとこんなに楽なんて。

こんなに楽でいいのでしょうか？

ともかく予習していたことも功を奏し、慌てずスムーズにできました。

チラッと主人の方を見ると目が合いました。

手際《てぎわ》を見られていたようです。上手《うま》くできて良かったです。

一筋縄《ひとすじなわ》ではいかないご主人様ですが、一生懸命《いっしょうけんめい》尽《つ》くす相手にはふさわしいと思いました。

こっちを見る目にいやらしさがないのは気になります。

女として見ているというより、もっと根本的な部分。

信用できるかどうかを見られている気持ちになります。

考えるのはそこまで。気持ちを切り替えていかないと。

せっかくお湯を沸かすのだから飲み物を用意した方がいいですよね。

「お茶をすぐ御《ご》用意します」

「ああ」

決して慌てず、走らず。優雅《ゆうが》に。

しかし機敏《きびん》に。

効率の良い家事は徹底《てってい》して教え込まれています。

慌てているように見えると、それだけで目についてしまうと教育されました。

もがく姿は極力見せず、優雅に見せるのも、ひとつの役目だと思っています。

高級奴隷には様々な事が求められます。

振《ふ》る舞い一つにも気を付けてこそ、価値が高まると教わりました。

アハバイン様の好みが分からないので、茶葉は万人《ばんにん》が好みやすいものを普通の濃《こ》さになるように淹《い》れました。

あとは反応を見て好みを探《さぐ》っていくことになります。

「俺のを用意する時はお前たちの分も淹れていい。俺一人だけ飲んでもつまらん」

「かしこまりました」

私とノエルの分も紅茶を用意し、言われるまま椅子に座ります。

その後、得意な事を聞かれたので答えました。

二人とも舞踏《ぶとう》と答えると、興味を引かれたのか早速見せてみろとおっしゃられました。そのために習ってきたもので望むところです。

ノエルに目配せすると、広い場所に移り、舞踏を踊《おど》り始めました。

ノエルとは完璧《かんぺき》に息を合わせることができます。

スカートなので回転する度《たび》にひらひらと揺《ゆ》れて、中の下着が見えてしまいますが、相手は主人一人ですので構いません。

一通り踊り終わると、満足してもらえたようで拍手《はくしゅ》されました。

見世物ができた方が絶対に売れるという理由でとても練習させられたので、それが功を奏したのは純粋《じゅんすい》に嬉しいことでした。

あの苦労は無駄ではなかったと思えます。

「なかなか良かった。足さばきも大したものだ。風呂《ふろ》で汗《あせ》を流してきたらどうだ」

アハバイン様より先に入るのはどうかと思いましたが、この方は冒険者らしく裏表のある事はどうやら言わないようです。

もしかしたら一緒に入るのかなと思いましたが、さっさと昼寝《ひるね》を始めてしまいました。

自由な人だなと思いつつ、汗を流したいのは確かだったので素直に従うことにしました。

浴室は……とても広いものでした。

数人が一度に入っても大丈夫《だいじょうぶ》なくらい。

服を脱《ぬ》ぎ、一糸纏《まと》わぬ姿になると、魔石をセットしました。すると魔道具ですぐに熱いお湯が流れ始めます。

風呂焚きも本来は重労働ですけど、ここでは魔道具のスイッチを押《お》すだけです。

それにしても、この家は整いすぎていると思います。

私たちは本当に必要なのでしょうか？

ちょっとだけ不安になりました。

石鹸《せっけん》も、タオルも高級な品物です。

肌《はだ》をなるべく綺麗《きれい》に磨《みが》いていきます。

主人であるアハバイン様からはそういった視線は感じませんが、やはり夜の奉仕もあると思っておいた方がいいでしょう。

奴隷とは立場が弱いものです。

主人がもし誰かと結婚《けっこん》した時、あるいはパートナーができた時。

不要な奴隷は売られる事になります。

そのような形で売られてしまえば、次はどのような相手がご主人様になるか分かりません。

幸いアハバイン様は奴隷を酷使《こくし》するような方ではなさそうなので、頑張《がんば》って勤めることが一番私

たちの幸せに近いと思います。

湯船に浸《つ》かりながら、ノエルと自分を見比べました。

容姿は甲乙《こうおつ》つけがたい、スタイルはノエルの方が少しいいかも。

まだ成長期です。追いつく可能性はあります。

密《ひそ》かに自慢に思っている銀髪《ぎんぱつ》ですが、ノエルの亜麻色《あまいろ》の髪も奇麗《きれい》でした。

お風呂から上がり、着替《きが》えて少しドキドキしながら戻《もど》ると、ご主人様はまだソファーで横になり眠《ねむ》っていました。

冒険者業というものも大変なのでしょう。

毛布を手に持ち、そっと近くにいきます。

するとご主人様の手がピクっと反応しました。

寝ていても誰かが近づけば分かるのでしょうか？

「寝込みを襲われたら危険だからじゃない？」

ノエルがそう言いました。

確かに。生き死にがかかっているなら、寝ていても物音一つに反応するようになるのは分かります。眠りも浅いのかもしれません。

でもせめて家ではくつろいでもらいたいと思います。それが私たちのひとまずの役目ですね。

そっと毛布を被《かぶ》せてみますが、ご主人様は眠ったままでした。

敵意がなければ大丈夫のようです。

寝顔は起きていた時よりも随分《ずいぶん》幼く見えました。

「とりあえず……ご飯でも作ろうか」

「そうだね。全体の掃除は明日からでもよさそうだし」

言われるまで何もしないのでは、ここにいる意味がありません。

調理器具は湯を沸かす時に見つけてあります。

「色んな料理を作って好みを探ってみる？」

「そうだね。初日だし少し豪華《ごうか》にしても大丈夫だと思う」

「いいね。ちゃんとできるとこを見せられるし」

レシピは頭に入っています。

早速二人で準備を始めます。

初めて使うキッチンでしたが、その程度の事で戸惑《とまど》うようであれば高級奴隷など勤まりません。

とりあえず道具もすべて上級品で、これなら大体の料理はできそうです。

だが生憎《あいにく》と食材がありませんでした。

そこで金庫からお金を少し取り出しました。

幾ら出したのかはメモして後で伝えればいいでしょう。

そのお金でノエルに食材を買ってきてもらうように頼《たの》みました。

料理に関しては私の方が少し得意で、目利《めき》きはノエルの方が優《すぐ》れていますので適材適所です。

ノエルが買い物に行っている間に、スープ用に湯を沸かしながら準備を進めます。

果物はあったので、ついでにフルーツティーでも用意しておこうかな。

柑橘《かんきつ》系の果物の皮を剥《む》き、煮《に》だしたお茶を冷やします。

粗熱《あらねつ》を取り、魔道具の保冷庫に入れると瞬《また》く間に冷えていきます。

オーブンを温め、湯が沸くころにノエルが戻ってきました。

「ただいま。近くて良かったー」

両手に食材を抱《かか》えていました。

野菜は新鮮《しんせん》だし、肉の質もいい。さすがです。

「ありがと。じゃ、早速始めよっか。あ、これ」

味見も兼《か》ねてフルーツティーをノエルに試《ため》してもらいます。

「ん、おいし」

上手くできたようです。

ノエルから空になったコップを受け取り、調理を始めました。

食材を刻んでスープに入れ、野菜を刻み肉の下処理をしました。

灰汁《あく》を取り、鶏肉《とりにく》のミンチ肉をスープに入れた辺りでいい匂いが辺りに漂ってくると、主人が目を覚ましました。

こっちに視線を感じます。

どうやら調理している姿を眺《なが》められています。

少し照れますね。起きたのなら急いでお出ししないと。

ひとまず作り置きした冷やした飲み物を持っていくと、どうやら気に入ってもらえたようでした。

すぐに戻って調理を再開します。

温かい料理が冷めないように配膳《はいぜん》すると、主人がやれやれといった顔をしました。

何か苦手な食べ物があったのでしょうか。

目を楽しませられるように、テーブルを埋《う》めるほど作ったのはやりすぎだったかもしれません。

ノエルが不安からか目配せしてくるので、私も不安になってきました。

私はノエルの視線に頷《うなず》いて口を開こうとすると、その前に全員で食べようと告げられました。

そしてその理由はなんとも主人らしい。

その方が合理的だから、と。

片付ける手間も、用意する手間も。

付け加えられたように一人で食べても味気ないと。

もしかしたらこれが本音なのかもしれませんね。口には出しませんでしたが。

「分かりました。そのようにしますね」

奴隷は家畜《かちく》のように扱われる事もあるといいます。

ですが、ここではそんな心配は必要ないようです。

買われてから初めての食事を共に過ごします。

もしかしたらアハバイン様とは上手くやっていけるかもしれません。

どうやら食べ物に嫌いなものはないようで、肉が好きなのは予想通りでした。

たくさん用意しましたが瞬く間に奇麗に平らげてしまいました。

作り甲《が》斐《い》があります。

加えて料理を褒《ほ》められただけで嬉しくなってしまうのは、自分でもまだ幼いと思いました。

ただ、次からはここまでしなくていいと言われました。

食べる順番などを見て好みの傾向《けいこう》は分かったので目的は果たしましたが、やはり量が多かったと思います。

さすがにはしゃぎ過ぎました。ノエルと共に少し反省します。

その後主人がお風呂に入るというので、お世話しようとノエルと二人で付いていこうとしたら要《い》らないと言われてしまいました。

一人でじっくり入りたいらしく、そう言われてしまうと引き下がるしかないです。

残念。背中を流すくらいはしたかったのですけど。

それに加えて疲《つか》れてるだろうから片付けが終わったらもう寝てもいいとも言われました。

この辺りの気遣《きづか》いが、人気の高さなのでしょうか。

悟《さと》られないように気を張ってはいましたが、確かに初めての事ばかりで随分疲れていました。

それはノエルも同じようです。寝ていいなら、寝たいのが正直な気持ちでした。

でも片付けは二人でやればそうはかかりません。

私はノエルと協力して夕食の後片付けを済ませました。

気分よく入浴している主人に声を掛けると、ご苦労さんとだけ返事がありました。

部屋はノエルと共同部屋です。

最初は一人一つ部屋をくれると言われたのですが、さすがに遠慮《えんりょ》しました。

私たちはあくまで奴隷です。奉仕する時はご主人様の部屋だろうし。

ノエルと情報交換《こうかん》するのにもこの方が実は都合がいいのでと言うと、そういうものか、と納得《なっとく》してくれました。

主人の部屋でベッドメイキングを済ませ、自分たちの部屋に入り、備え付けられたベッドの準備をします。

明日の予定を確認《かくにん》して一息つくと、瞼《まぶた》が重くなりました。

今日はもう、寝よう……おやすみなさい。

それからの日々は平和に過ごせたと思います。

ご主人様であるアハバイン様はどうやら今は休養に充《あ》てているようで、本を読んだり体を鍛《きた》えたりして思うままに過ごしていました。

なるほど、こういう時にしっかり休めるように私たちを買ったのですね。

家事やら何やらがあると休んだ気にならないのは分かります。

せめて、よくくつろげるように甲斐《かい》甲斐《がい》しくお世話をしました。

私たちの服装に関しては、買ってもらった服の上にエプロンを着けている事が多いです。どうしても汚《よご》れますし。

私とノエルは早速家全体の掃除に手を着けることにしました。

二人なのがとても助かります。

一人でご主人様の世話をしつつ、この広い家を維持するには単純に手が足りません。

香が幾つかあったので、ご主人様の様子を見ながら炷《た》いてみることにしました。

料理に関しては色々と手広くやっていいと言われたので、割と楽しく過ごすことができました。

そんな平穏《へいおん》な日々を過ごしていたのですが……。

ある日、冒険者としての活動を再開するとの事で装備を着けるのを手伝いました。

事前に装備も磨いておいたのでピカピカです。

触《ふ》れないように言われていた剣《けん》には触《さわ》っていませんが、それ以外は新品同然に仕上げました。

装備の装着も事前に勉強しておいたので、手伝うことに戸惑いはありませんでした。

褒められるとやっぱり嬉しいものです。

冒険者が危険な職業なのは有名です。

どれだけ高名な冒険者でも、ある日突然《とつぜん》死んでもおかしくありません。

せっかく私たちが一緒に過ごすことになったのですから、無事に帰ってきてほしいです。

私たちにできることは帰ってくる場所を守るだけ。

ちゃんとくつろげるように家を奇麗にしておかないと。

庭もまだ何も植えていません。自由にしていいと言われたので、できれば野菜を植えたいところですね。

他の家は木なども植えているので、景観も含めて色々と考えないと。

それに、周囲の人たちとのコミュニケーションも大切です。

奴隷が率先《そっせん》して不和を招くわけにはいきません。

簡単にはいきませんが、なるべく友好的な関係を築いていきたいと思います。

どうやらご主人様もその辺りは意識しているようで、買い出しの時などに挨拶をするとアハバイン様の奴隷だと分かると返してくれます。

私たちと同じく使用人目的で買われた奴隷もいて、情報交換にも勤《いそ》しみます。

暗黙《あんもく》の了解《りょうかい》など、学ぶ事も多かったです。こればかりは聞かないと分かりません。

孤立《こりつ》すると色々と苦労する事になるので助かります。

無駄なトラブルを避《さ》けるため、仲良くなるのはなるべく同性だけにしました。

正直、私は見た目がいい自覚があります。

そしてそれに胡坐《あぐら》をかくとどうなるのかも、よく言い聞かされていました。

そんな苦労がありながら、ご主人様の帰りを待つ。そんな日々を送っていける。

そう信じていたのですけど……。

帰ってきた主人から贈《おく》り物を頂きました。

指輪でした。

シンプルなデザインですが、高級感があります。

着けてみろと言われると、どの指に嵌《は》めるか一瞬だけ悩《なや》みました。

ですが、やはり左手の薬指でしょう。

ノエルが先に嵌めてしまったので、私は少し慌てました。

こういう時はどうしてもノエルより遅《おく》れてしまいます。

指輪を嵌めると、不思議ですが安心感に包まれました。

ご主人様曰《いわ》く、一度だけ死を肩代《かたが》わりする希少な魔道具だとおっしゃいました。

魔道具、それも強力な効果があるものは高価です。

下手すると、この指輪は私より高いのではないでしょうか？

奴隷が持つよりもご主人様が複数個持つ方がいいのではと思ったのですが、それだけ大事にされているという事でもあります。

それは、他に行く場所のない私たちにとってはただただ嬉しいことでもあります。

指輪を嵌めた手を掲《かか》げると、明かりを反射して煌《きら》めきました。

それから引退した冒険者仲間が店を開くんだと、ご主人様は嬉しそうにお話しになりました。

そして私たちも連れて行くので、ドレスを用意しておくように言われました。

またせっかくのお披露目《ひろめ》なので、奇麗に見えるドレスを新調しなければ。

普通の奴隷と違う部分はまさにここだと思います。

連れ歩く価値がある奴隷であるという点です。

その時私たちが褒められれば、持ち主である主人が褒められることになります。

おめかしを頑張らないと。

そして、問題はその後でした。

なんと、皇女殿下《でんか》のお付きのメイドが直接訪ねてこられたのです。

普通皇族からの呼び出しはこんな気軽には行われないはずです。

皇女殿下に強いコネクションがあるという話は聞いていましたが、思った以上に重宝されているという事でしょうか……。

そして困ったことにその呼び出しに、私も付き添《そ》うことになりました。

もちろん主人に付き添うのは奴隷の役割です。

火の中水の中、何処へでも付いていく所存です。

しかし、まさか買われて日が浅いうちに皇族への謁見《えつけん》に付き添う事になるとは思いもしませんでした。

ノエルより私が選ばれたことを喜ぶべきでしょうか。

私が選ばれた基準は分かりませんが、しっかり務めは果たさないとなりません。

少しだけ時間を貰い、ノエルにも手伝ってもらって皇女殿下の前に出ても恥《は》ずかしくない格好《かっこう》に着替えます。

化粧《けしょう》は目立たないように薄《うす》く、あくまで従者として見栄《みば》え良く。

だけど本当に今から会うの？

緊張《きんちょう》で鼓動《こどう》が速くなり、熱くて、服の胸元《むなもと》をパタパタと動かし風を送ります。

「はしたないよ。でも驚いたね。確かに皇族の召使《めしつかい》もできるようにって鍛えられてきたけど」

「本当に行くことになるなんて思わなかった」

それが本音でした。

主人に恥《はじ》をかかすわけにはいかない。気合を入れて覚悟《かくご》を決めます。

準備を済ませて主人に付き従い、皇居に入りました。

私はおかしく見えていないだろうか？

ちゃんと澄ました顔ができているだろうか？

不安ばかりが渦巻《うずま》きながら、部屋に通されました。

そこで身じろぎ一つしなかった自分をほめたいです。

部屋の中には護衛の騎士《きし》に加え沢山《たくさん》のメイドがおり、その中心に皇女殿下が椅子に座っていました。

問題は護衛の騎士です。

敵意というほどではありませんが、こちらを睨《にら》むようにして佇《たたず》んでいます。

ですが、私にもプライドというものがあります。なんとか耐《た》えようとお腹《なか》に力を入れました。

すると主人が私を庇《かば》うようにして前に立ってくれます。

それだけで一気に恐《きょう》怖《ふ》が薄れていきました。

顔を上げてみると、頼もしい背中だった。

誰もが付いていきたくなるような。

高貴な者が持つカリスマとは違う、積み上げられた自信から来る、安心感とでも言うべきものでした。

やっぱりこの人は凄い人なんだと感じました。

その後の話はとても口外できるものではありませんでした。

正直聞かなければよかったと心底思いました。

一つの国家の危機が語られているのが信じられませんでした。

あの護衛の騎士たちがピリピリしているのも当然だと思いました。

ご主人様はどうするのだろう。

いや、皇族からの直接の依頼《いらい》を断れるとは思えないのですが、この人ならばそれでもどうとでもする気がしました。

思わず何度も視線を向けてしまい、気付かれた時は恥ずかしくて顔が真っ赤になってしまいました。私が慌ててどうするのかと自分を叱《しか》ります。

結局ご主人様はこの難題ともいえる依頼を受けました。

さすがにこれは私の力ではどうすることもできないですし、一緒に行くわけにもいきません。

足を引っ張るだけです。

残念ながら無事を祈《いの》るしかできません。

ご主人様は私に口止めを念押《ねんお》しし、準備を済ませて出発していきました。

そこから一人で帰る事になったのですが、尾行《びこう》されている気配を感じます。

誰かに喋《しゃべ》ったりしないかどうかを、確認されているのでしょうか。

そんなに口は軽くありません。

不審《ふしん》に思われないように、そのままどこにも寄らずに帰宅します。

帰宅してからはノエルに色々と尋ねられましたが、言葉を選んで慎重《しんちょう》に答えました。

迂闊な事を言えばノエルの身も危なくなります。

当然奴隷はご主人様の秘密を知る機会が多く、秘密を守るのも高級奴隷の役目の一つですから。

私たちができるのはアハバイン様の無事を祈る事だけです。

どうか、私たちのご主人様が無事に帰ってきますように。

あとがき

あとがきを三ページ分いただきました。こうしてあとがきを書くのは初めてです。

人生は何が起きるのか分かりません。だから面白《おもしろ》い。

HATI《ハチ》と申します。

初めは別のハンドルネームだったのですが、長いという理由であだ名がハチとなり、それをローマ字にしてみたのが始まりです。

他の作家先生のあとがきを何度も目にしているのですが、いざ自分が書く側になると何を書けばいいのか分かりません。

なのでまずは謝辞を申し上げたいと思います。

数多くの本の中からこの本を手に取ってくださり、誠《まこと》にありがとうございます。

面白かったと思ってもらえたなら嬉《うれ》しいです。楽しい時間を提供することがエンタメだと思っております。

本作の出版に関して、多くの方のご助力を賜《たまわ》りました。

第8回カクヨムWeb小説コンテストにて本作を推薦《すいせん》してくださったドラゴンノベルス編集部様。

本文を読み込《こ》み、より良い作品になるように尽力《じんりょく》していただいた担当編集のK様。

素晴《すば》らしいイラストを描《か》いてくださった山椒魚《さんしょううお》先生。特にノエルとアーネラを初めて見たときは本当に素晴らしいキャラクターデザインだと唸《うな》りました。主人公はイメージ通りです。ありがとうございます。

Ｗｅｂ版を読んで応援《おうえん》や評価してくださった読者の皆様《みなさま》。励《はげ》みになりました。

校閲者《こうえつしゃ》様、装丁《そうてい》をしてくださったデザイナー様。

その他にも多くの方々の尽力により本作は出来上がったものと思っております。ありがとうございます。

幼少期からファンタジーを題材にしたアニメや小説を糧《かて》に育ちました。

コメディあり、シリアスあり、バトルあり、とこの小説の根幹になったと思います。

勝手にバトンを受け取り、走っているつもりです。

こういうのを書いたら面白いかなと思ったことや自分の好きな表現を書いていくうちに、一冊の本になるまで書けたことはとても素晴らしい経験になりました。

書くという行為《こうい》は楽しいだけでは続かなく、他者との関わりが不可欠です。

今世の中は予測できない色々なことが起きています。

そんな中で本を出す機会があったことは、大変幸せではないかと思います。

これで売れたら関わってくれた人たち皆《みな》が幸せになるので、そうなることを願うばかりです。

まだ少しありますので、ちょっとだけ作品の中身に触《ふ》れたいと思います。

この作品を考えたときは追放モノというジャンルがＷｅｂ小説で権勢を誇《ほこ》っていました。

今でも人気がありますが、当時は本当に凄《すご》かったと記憶《きおく》しています。

その流れに乗ろうと考えましたが、私には向いてないなと思って追放ではなく解散させることにしました。

人が集まれば集団になります。

集団というものは不変ではありません。人は変わる生き物なので、人間関係の変化や行き違《ちが》い、集団内での格差が生まれれば集団も変化します。

集団の中で頭角を現し、その中で走り続けた人間が因縁《いんねん》なく外へ出たときにどうなるんだろうと思って書いたら、意外にも面白くなりました。

主人公は善人ではありませんが、困っている人間がいれば片手間で助けてさっさと行ってしまうヤツです。こういう主人公がいてもいいのでは、なんて思ったりしてます。

そして面白いと思ったのは私だけではなかったのが一番嬉しかったです。

是非《ぜひ》ともこの作品を好きになってくれる人が一人でも増えたらと願って止《や》みません。

では締《し》めの挨拶《あいさつ》に入らせていただきます。

またこうしてあとがきで皆様にお会いできることができたらいいなと思っております。

改めてありがとうございました。

本書は、ＷＥＢ小説サイト「カクヨム」等で発表された「帝国最強の冒険者パーティー、突然の解散。結婚するから冒険者隠居する？ 店も出したい？ 安くするから遊びに来い？ それなら仕方ない。幸せにな！」に加筆・改稿を施し、タイトルを変更のうえ書籍化したものです。

本作は、第8回カクヨムＷｅｂ小説コンテスト異世界ファンタジー部門〈特別賞〉受賞作です。

DRAGON NOVELS
ドラゴンノベルス

帝国最強のパーティー、突然の解散
可愛い従者を手に入れて人生を自由に旅することにした

2024年4月5日　初版発行

著　　者　HATI

発 行 者　山下直久

発　　行　株式会社 KADOKAWA
〒102-8177　東京都千代田区富士見 2-13-3
電話 0570-002-301（ナビダイヤル）

編　　集　ゲーム・企画書籍編集部

装　　丁　アオキテツヤ（ムシカゴグラフィクス）

D T P　株式会社スタジオ２０５ プラス

印 刷 所　大日本印刷株式会社

製 本 所　大日本印刷株式会社

DRAGON NOVELS ロゴデザイン　久留一郎デザイン室+YAZIRI

本書の無断複製（コピー、スキャン、デジタル化等）並びに無断複製物の譲渡及び配信は、著作権法上での例外を除き禁じられています。
また、本書を代行業者等の第三者に依頼して複製する行為は、たとえ個人や家庭内での利用であっても一切認められておりません。

●お問い合わせ
https://www.kadokawa.co.jp/（「お問い合わせ」へお進みください）
※内容によっては、お答えできない場合があります。
※サポートは日本国内のみとさせていただきます。
※ Japanese text only

定価（または価格）はカバーに表示してあります。

©HATI 2024
Printed in Japan

ISBN978-4-04-075388-1　C0093

絶賛発売中

KADOKAWA

ドラゴンノベルス好評既刊

腹ぺこサラリーマンも異世界では凄腕テイマー

一江左かさね

イラスト／沖野真歩

異世界に転移した営業課長が、ドラゴンを部下に見知らぬ世界で顧客開拓！

商社課長の赤星源一郎は、突然社屋ごと異世界に転移した。見知らぬ世界に戸惑うも、ドラゴンの少女を助け自らに備わったテイムスキルを自覚し、社員みんなで、商売をしながらここで生きていく覚悟を決める。手始めに、顧客開拓のため周囲の集落に営業をかける赤星たち。しかし取引開始の条件は、なぜかモンスター退治で……ポジティブサラリーマンの異世界奮闘記！

第8回
カクヨムWeb小説
コンテスト
特別賞

絶賛発売中

KADOKAWA